岩 波 文 庫

31-013-7

俳 諧 大 要

正 岡 子 規 著

岩 波 書 店

目　次

俳諧大要

ここに(1)花山《かざん》といへる盲目の俳士あり。(2)望一《もいち》の流れを汲《く》むとにはあらでただ発句《ほく》をなん詠《よ》み出《い》でける。やうやうにこのわざを試みてより半年に足らぬほどに、その声鏗鏘《こうそう》として聞く者耳を欹《そばだ》つ。一夜我が仮住居《かりずまい》をおとづれて共に虫の音《ね》を愛《め》づるついでに、我も発句といふものを詠まんとはすれどたよるべきすぢもなし、君《きみ》わがために心得となるべきくだりくだりを書きてんやとせつに請《こ》ふ。答へて、君が言好《げんよ》し、昔は(3)目なしどち目なしどち後について来ませとか聞きぬ、われさる(4)ひじりを学ぶとはなけれど覚えたる限りはひが言《ごと》まじりに伝へん、なかなかに耳にもつぱらなるこそ正覚《しょうがく》のたよりなるべけれ、いざいざと筆をはしらし僅《わず》かにその綱目ばかりを挙《あ》げてこれを(5)松風会諸子《しょうふうかいしょし》にいたす。諸子幸ひにこれを花山子に伝へてよ。

第一　俳句の標準

一、俳句は文学の一部なり。文学は美術の一部なり。故に美の標準は文学の標準なり。文学の標準は俳句の標準なり。即《すなわ》ち絵画も彫刻も音楽も演劇も詩歌小説も皆同一の標準を以《もっ》て論評し得べし。

一、美は比較的なり、絶対的に非《あら》ず。故《ゆえ》に一首の詩、一幅《いっぷく》の画を取《とっ》て美不美を言ふべからず。もしこれを言ふ時は胸裡《きょうり》に記臆したる幾多の詩画を取て暗々《あんあん》に比較して言ふのみ。

一、美の標準は各個の感情に存す。各個の感情は各個別なり。故に美の標準もまた各個別なり。また同一の人にして時に従つて感情相異《あいこと》なるあり。故に同一の人また時に従つて美の標準を異にす。

一、美の標準を以て各個の感情に存すとせば、先天的に存在する美の標準なるものあるなし。もし先天的に存在する美の標準（あるいは正鵠《せいこく》を得たる美の標準）ありとするも、その標準の如何《いかん》は知るべからず。従つて各個の標準と如何の同異あるか知るべからず。即ち先天的標準なるものは吾人《ごじん》の美術と何らの関係を有せざるなり。

一、各個の美の標準を比較すれば大同の中に小異なるあり、大異の中に小同なるありといへども、種々の事実より帰納すれば全体の上において永久の上においてほぼ同一方向に進むを見る。譬《たと》へば船舶の南半球より北半球に向ふ者、一は北東に向ひ一は北西に向ひ、時ありて正東正西に向ひ時ありて南に向ふもあれど、その結果を概括して見れば皆南より北に向ふが如《ごと》し。この方向を指して先天的美の標準と名づけ得《う》べくば則《すなわ》ち名づくべし。今仮《か》りに概括的美の標準と名づく。

一、同一の人にして時に従ひ美の標準を異にすれば、一般に後時の標準は概括的標準に近似する者なり。同時代の人にして各個美の標準を異にすれば、一般に学問知識ある者の標準は概括的標準に近似する者なり。但《ただ》し特別の場合には必ずしも此《かく》の如くならず。

第二　俳句と他の文学

一、俳句と他の文学との区別はその音調の異なる処にあり。他の文学には一定せる音調あるもあり、なきもあり。しかして俳句には一定せる音調あり。その音調は普通に五音七音五音の三句を以て一首と為《な》すといへども、あるいは六音七音五音なるあり、あるいは五音八音五音なるあり、あるいは六音八音五音なるあり、その他無数の小異あり。故に俳句と他の文学とは厳密に区別すべからず。

一、俳句と他の文学との音調を比較して優劣あるなし。ただ風詠する事物に因《よ》りて音調の適否あるのみ。例へば複雑せる事物は小説または長篇の韻文に適し、単純なる事物は俳句和歌または短篇の韻文に適す。簡樸《かんぼく》なるは漢土の詩の長所なり、精緻《せいち》なるは欧米の詩の長所なり、優柔なるは和歌の長所なり、軽妙なるは俳句の長所なり。しかれども俳句全く簡樸、精緻、優柔を欠くに非ず、他の文学また然《しか》り。

一、美の標準は美の感情にあり。故に美の感情以外の事物は美の標準に影響せず。多数の人が賞美する者必ずしも美ならず、上等社会に行はるる者必ずしも美ならず、上世《じょうせい》に作為せし者必ずしも美ならず。故に俳句は一般に弄《もてあそ》ばるるが故に美ならず、下等社会に行はるるが故に不美ならず。自己の作なるが故に美ならず、今《こん》人《じん》の作なるが故に不美ならず。

一、一般に俳句と他の文学とを比して優劣あるなし。漢詩を作る者は漢詩を以て最上の文学と為し、和歌を作る者は和歌を以て最上の文学と為し、戯曲小説を好む者は戯曲小説を以て最上の文学と為す。しかれどもこれ一家《いっか》言《げん》のみ。俳句を以て最上の文学と為す者は同じく一家言なりといへども、俳句もまた文学の一部を占めて敢《あえ》て他の文学に劣るなし。これ概括的標準に照《てら》して自《おのずか》ら然るを覚ゆ。

第三　俳句の種類

一、俳句の種類は文学の種類とほぼ相同じ。

一、俳句の種類は種々なる点より類別し得べし。

一、俳句を分ちて意匠《いしょう》及び言語(古人のいはゆる心及び姿)とす。意匠に巧拙《こうせつ》あり、言語に巧拙あり。一に巧にして他に拙なる者あり、両者共に巧なる者あり、両者共に拙なる者あり。

一、意匠と言語とを比較して優劣先後あるなし。ただ意匠の美を以て勝《まさ》る者あり、言語の美を以て勝る者あり。

一、意匠に勁健《けいけん》なるあり、優柔なるあり、壮大なるあり、細繊《さいせん》なるあり、雅樸《がぼく》なるあり、婉麗《えんれい》なるあり、幽遠《ゆうえん》なるあり、平易なるあり、荘重《そうちょう》なるあり、軽快なるあり、奇警《きけい》なるあり、淡泊《たんぱく》なるあり、複雑なるあり、単純なるあり、真面目《まじめ》なるあり、滑稽突梯《こっけいとってい》なるあり、その他区別し来《きた》れば千種万様《ばんよう》あるべし。

一、言語に区別あるは意匠に区別あるが如し。勁健なる意匠には勁健なる言語を用ゐざるべからず。優柔なる意匠には優柔なる言語を用ゐざるべからず。雅樸なる言語は雅樸なる意匠に適し、平易なる言語は平易なる意匠に適す。その他皆然り。

一、意匠に主観的なるあり、客観的なるあり。主観的とは心中の状況を詠じ、客観的とは心象に写《うつ》り来りし客観的の事物をそのままに詠ずるなり。

一、意匠に天然的なるあり、人事的なるあり。人事的とは人間万般の事物を詠じ、天然的とは天文、地理、生物、礦物等、総《すべ》て人事以外の事物を詠ずるなり。

一、以上各種の区別皆優劣あるなし。

一、以上各種の区別皆比較的の区別のみ。故に厳密にその区域を限るべからず。

一、一人にして各種の変化を為す者あり、一人にして一種に長ずる者あり。

第四　俳句と四季

一、俳句には多く四季の題目を詠ず。四季の題目なきものを雑《ぞう》と言ふ。

一、俳句における四季の題目は和歌より出でて更《さら》にその区域を広くしたり。和歌にありては題目の数僅《きんきん》々一百に上《のぼ》らず。俳句にありては数百の多きに及べり。

一、俳句における四季の題目は和歌より出でて更にその意味を深くしたり。例へば「涼し」と言へる語は和歌には夏にも用ゐまた秋涼《しゅうりょう》にも多く用ゐたるを、俳句には全く夏に限りたる語とし、秋涼の意には初涼、新涼等の語を用ゐしが、今は漸《ようや》くにその語も廃《すた》れ涼の字はただ夏季専用の者と為《な》れり。即ち一題の区域は縮小したると共にその意味は深長と為りたるなり。

一、単に月と称すれば和歌にては雑となるべし。俳句にては秋季となるなり。時雨《しぐれ》は和歌にては晩秋初冬共にこれを用う。殊《こと》に時雨を以て木葉《このは》を染《そ》むるの意に用う。俳句にては時雨は初冬に限れり。従ひて木葉を染むるの意に用うる者殆《ほと》んどこれなし。霜《しも》は和歌にては晩秋よりこれを用ゐ、また紅葉《こうよう》を促すの一原因とす。俳句にては霜は三冬に通じて用うれど晩秋にはこれを用ゐず。従ひて紅葉を促すの一原因となさず。俳句季寄《きよせ》の書には秋霜《しゅうそう》の題を設くといへども、その作例は殆んど見るなし。

一、梧桐一葉落《ごどういちようおつ》の意を詠じなば和歌にても秋季と為るべし。俳句にては桐一葉《きりひとは》を秋季に用うるのみならず、ただ桐と言ふ一語にて秋季に用うる事あり。鷹狩《たかがり》は和歌にても冬季なり。俳句にては鷹狩を冬季に用うるのみならず、ただ鷹と言ふ一語も冬季に用うるなり。

一、四季の題目にて花木《かぼく》、花草《かそう》、木実《このみ》、草実《くさのみ》等はその花実《かじつ》の最《もっとも》多き時を以て季と為すべし。藤花、牡丹《ぼたん》は春晩夏初を以て開く故に春晩夏初を以て季と為すべし。必ずしも藤を春とし牡丹を夏とするの要なし。梨《なし》、西瓜《すいか》等また必ずしも秋季に属せずして可《か》なり。

一、古来季寄になき者もほぼ季候《きこう》の一定せる者は季に用ゐ得べし。例へば紀元節、神武天皇祭《じんむてんのうさい》等時日一定せる者は論を俟《ま》たず、氷店《こおりみせ》を夏とし焼芋を冬とするも可なり。また虹《にじ》の如き雷の如き定めて夏季と為す、あるいは可ならんか。

一、四季の題目中虚《きょ》(抽象的)なる者は人為的にその区域を制限するを要す。これを大にしては四季の区別の如きこれなり。春は立春立夏の間を限り、夏は立夏立秋の間を限り、秋は立秋立冬の間を限り、冬は立冬立春の間を限る。即ち立冬一日後敢《あえ》て秋風と詠ずべからず、立夏一日後敢て春月と詠ずべからず。

一、長閑《のどか》、暖《あたたか》、麗《うららか》、日永《ひなが》、朧《おぼろ》は春季と定め、短夜《みじかよ》、涼《すずし》、熱《あつし》は夏季と定め、冷《ひややか》、凄《すさまじ》、朝寒《あささむ》、夜寒《よさむ》、坐寒《そぞろざむ》、漸寒《ややさむ》、肌寒《はださむ》、身《み》に入《しむ》、夜長《よなが》は秋季と定め、寒《さむし》、つめたしは冬季と定む。日の最長きは夏至《げし》前後なり、しかれども俳句にては日永を春とす。夜の最《もっとも》長きは冬至《とうじ》前後なり、しかれども俳句にては長夜《ちょうや》を秋とす。これは理屈より出《い》でずして感情に本《もと》づきたるの致す所なり。かく一定せし上は日永夜長は必ず春秋に用うべし。他季に混ずべからず。

一、その外霞《ほかかすみ》、陽炎《かげろう》、東風《こち》の春における、薫風《くんぷう》、雲峰《くものみね》の夏における、露、霧、天河《あまのがわ》、月、野分《のわき》、星月夜《ほしづくよ》の秋における、雪、霰《あられ》、氷の冬におけるが如きもまた皆一定する所なれば一定し置くを可とす。しかれども夏季に配合して夏の霞を詠じ、秋季に配合して秋の雲峰を詠ずるの類は固《もと》より妨《さまた》ぐる所あらず。

一、四季の題目を見れば則ちその時候の聯想《れんそう》を起すべし。例へば蝶《ちょう》といへば翩々《へんぺん》たる小羽虫《しょううちゅう》の飛び去り飛び来る一個の小景を現はすのみならず、春暖漸《よう》く催し草木僅《わず》かに萌芽《ほうが》を放ち菜黄麦緑《さいこうばくりょく》の間に三々五々士女の嬉遊《きゆう》するが如き光景をも聯想せしむるなり。この聯想ありて始めて十七字の天地に無限の趣味を生ず。故に四季の聯想を解せざる者は終《つい》に俳句を解せざる者なり。この聯想なき者俳句を見て浅薄《せんぱく》なりと言ふまた宜《むべ》なり。（俳句に用うる四季の題目は俳句に限りたる一種の意味を有すといふも可なり）

一、雑《ぞう》の句は四季の聯想なきを以て、その意味浅薄にして吟誦《ぎんしょう》に堪《た》へざる者多し。ただ雄壮高大なる者に至りては必ずしも四季の変化を待たず。故に間々《まま》この種の雑の句を見る。古来作る所の雑の句極めて少《すく》なきが中に、過半は富士《ふじ》を詠じたる者なり。しかしてその吟誦すべき者、また富士の句なり。

一、或《ある》人問ふて曰《いわ》く、時間を人為的に限りてこれに命名し以て題目となす事は既に説を聞けり。空間は何故《なにゆえ》に制限してこれに命名せざるか。答へて曰く、時間は年々同一の変化を同一の順序に従ひて反覆《はんぷく》するが故にこれを制限して以て命名すべし。しかれども空間の変化は毫《ごう》も順序なる者あらずして不規則なる者なり。例へば山嶽《さんがく》、河海《かかい》、郊原《こうげん》、田野《でんや》、一も順序ある者なし。故にこれに命名せんと欲せば人間の見聞し得る所の処一々に命名せざるべからず。地名これなり。地名は時間の区別に比して更に明瞭《めいりょう》なる区別なれば、俳句に地名を用うるは最簡単なる語を以て最錯雑《さくざつ》なる形象を現はすの一良法なりといへども、奈何《いかん》せん一人にして地球上の地名とその光景とを尽《ことごと》く知るを得ず。かつその区別明瞭なるが故にこれを用うるの区域甚《はなは》だ狭隘《きょうあい》を感ずるなり。他語以てこれをいへば四季の名称に対する者は地名なりといへども、地名は区域明瞭に過ぎて狭隘に失し、かつその地を知らざる者には何らの感情をも起さしむる事かたし。即ち四季の変化は何人《なんぴと》も能《よ》くこれを知るといへども、東京の名所は西京《さいきょう》の人これを知らざる者多く、西京の名所は東京の人これを知らざる者多きが如きなり。

第五　修学第一期

一、俳句をものせんと思はば思ふままをものすべし。巧《こう》を求むる莫《なか》れ、拙《せつ》を蔽《おお》ふ莫れ、他人に恥かしがる莫れ。

一、俳句をものせんと思ひ立ちしその瞬間に半句にても一句にても、ものし置くべし。初心の者はとかくに思ひつきたる趣向を十七字に綴《つづ》り得ぬとて思ひ棄《す》つるぞ多き、太《はなは》だ損なり。十七字にならねば十五字、十六字、十八字、十九字乃至《ないし》二十二、三字一向に差支《さしつかえ》なし。またみやびたるしやれたる言葉を知らずとて趣向を棄つるも誤れり。雅語、俗語、漢語、仏語《ぶつご》、何にても構はず。無理に一首の韻文となし置くべし。

一、初めより切字《きれじ》、四季の題目、仮名遣《かなづかい》等を質問する人あり。万事を知るは善《よ》けれど知りたりとて俳句を能《よ》くし得べきにあらず。文法知らぬ人が上手《じょうず》な歌を作りて人を驚かす事は世に例多し。俳句は殊《こと》に言語、文法、切字、仮名遣など一切《いっさい》なき者と心得て可なり。しかし知りたき人は漸次《ぜんじ》に知り置くべし。

一、俳句をものしたる時はその道の先輩に示して教《おしえ》を乞《こ》ふも善し。初心の者の恥かしがるはかへつてわろし。なかなかに初心の時の句は俗気をはなれてよろしく、少し巧になりし後はなまなかに俗に陥《おちい》る事多し。

一、初心の恥かしがりてものし得べき句をものせぬはわろけれど、恥かしがる心底《しんてい》はどうがなして善き句を得たしとの望《のぞみ》なればいと殊勝《しゅしょう》なり。この心は後々までも持ち続き(け)たし。

一、自ら多く俳句をものして人に見せぬ者あり。教を乞ふべき人なしと思はば見せずとも可なり。多くものする内には自然と発明する事あり。先輩に聞けば一口にして知り得べき者を数月数年の苦辛《くしん》を経て漸《よう》く発明するが如きは、やや迂《う》に似たれどもなかなかに迂ならず。此《か》の如く苦辛して得たる者は脳中に染《し》み込む事深ければ再び忘るる事なく(一)、句をものする上に応用しやすく(二)、かつ他日また発明するの端緒《たんしょ》となるべし(三)。

一、自らものしたる句は紙片に書き記し置くべし。時々繰り返して己《おのれ》の句を吟じ見るも善し、その間に前に言ひ得ざりし事を言ひ得るもあらん。また己の進歩を知るたよりともなりて、一はひとり面白く一は更に一段の進歩を促す事あるべし。

一、四季の題目は一句中に一つづつある者と心得て詠みこむを可とす。但しあながちになくてはならぬとには非ず。

一、なるべくその時候の景物を詠ずる事、聯想が早く感情が深くしてものしやすし。尤《もっと》も春にゐて秋を思ひ夏にゐて冬を思ふ事も全く欠くべからず。ただ興《きょう》の到るに任せて勝手たるべし。

一、自ら俳句をものする側《かたわら》に古今《ここん》の俳句を読む事は最《もっと》も必要なり。かつものしかつ読む間には著き進歩を為すべし。己の句に並べて他人の名句を見る時は他人の意匠惨澹《さんたん》たる処を発見せん。他人の名句を読みて後自ら句をものする時は、趣向流出し句調自在になりて名人の己に乗り遷《うつ》りたらんが如き感あるべし。

一、自ら著く進歩しつつあるが如く感じたる時、あるいは何とはなけれどただ無闇《むやみ》に趣向の溢《あふ》れ出るが如く感じたる時は、その機を透《す》かさず幾何《いくら》にても出来るだけものし見るべし。かかる時はたしかに一段落をなして進歩すべき時機にして、仏教の大悟徹底《たいごてってい》、基督《キリスト》教の降神《こうしん》とその趣《おもむき》を同じくし、心中に一種微妙の愉快を感ぜん。但しかかる事は俳句修学の上に幾度もある事なり。一度ありたりとて自ら已《すで》に大悟徹底したるが如く思はば、野狐禅《やこぜん》に堕《お》ちて五百生《ごひゃくしょう》の間輪廻《りんね》を免れざるべし。志《こころざし》は大《だい》にすべき事なり。

一、古人の俳句を読まんとならば総じて元禄《げんろく》、明和《めいわ》、安永《あんえい》、天明《てんめい》の俳書を可とす。就中《なかんずく》『俳諧七部集』『続七部集』『蕪村《ぶそん》七部集』『三傑集』(6)など善し。家集にては『芭蕉《ばしょう》句集』(何本《なにほん》にても善けれど玉石混淆《ぎょくせきこんこう》しをる故注意すべし)、『去来発句集《きょらいほっくしゅう》』『丈草《じょうそう》発句集』『蕪村句集』などを読むべし。但しいづれも多少は悪句あるを免れず。中にも最も悪句少きは『猿蓑《さるみの》』(俳諧七部集の内)、『蕪村七部集』『蕪村句集』位《ぐらい》なるべし。(『故人五百題』(7)は普通に坊間《ぼうかん》に行はれて初学には便利なり)

一、古俳書など読むも善し、あるいはこれを写すも善し、あるいは自ら好む所を抜《ばっ》萃《すい》するも善し、あるいは一の題目の下に類別するも善し。

一、古句を半分位窃《ぬす》み用うるとも半分だけ新しくば苦しからず。時には古句中の好材料を取り来りて自家の用に供すべし。あるいは古句の調に擬《ぎ》して調子の変化をも悟《さと》るべし。

一、(8)月並風《つきなみふう》に学ぶ人は多く初めより巧者を求め婉曲《えんきょく》を主とす。宗匠また此方より導く故に終《つい》に小細工に落ちて活眼を開く時なし。初心の句は独活《うど》の大木《たいぼく》の如きを貴《とうと》ぶ。独活は庭木にもならずとて宗匠たちは無理にひねくりたる松などを好むめり。尤《もっと》も箱庭の中にて俳句をものせんとならばそれにても好《よ》し。しかり、宗匠の俳句は箱庭的なり。しかし俳句界はかかる窮屈なる者に非ず。

一、初心の人古句に己の言はんと欲する者あるを見て、古人已に俳句を言ひ尽せりやと疑ふ。これ平等を見て差別を見ざるのみ。試《こころ》みに今一歩を進めよ。古人は何故にこの好題目を遺《のこ》して乃公《だいこう》に附与したるかと怪《あや》しむに至るべし。

一、初心の人天《あま》の川《がわ》の題を得て句をものせんとす。心頭先《ま》づ浮び来る者は

あら海や佐渡《さど》に横たふ天の川　芭蕉
真夜中やふりかはりたる天の川　嵐雪《らんせつ》
更《ふ》け行くや水田《みずた》の上の天の川　惟然《いぜん》

などなるべし。この時千思万考《せんしばんこう》佳句を探るに、天の川の趣は終《つい》に右三句に言ひ尽されて寸分の余地だもなき心地《ここち》す。乃《すなわ》ち筆を抛《なげうっ》て大息《たいそく》して曰く、已《や》みなん已みなんと。已《すで》にして古俳書を繙《ひもと》く、天の川の句頻《しき》りに目に触るるを覚ゆ。たとひ上乗《じょう》にあらざるも皆一種の句調と趣向とを備へて必ずしも陳腐《ちんぷ》ならず。例へば

一僕《いちぼく》を雨に流すな天の川　浪化《ろうか》
打ち叩《たた》く駒のかしらや天の川　去来
引はるや空に一つの天の川　乙州《おとくに》
西風の南に勝つや天の川　史邦《ふみくに》
よひ〱に馴《な》れしか此夜天の川　白雄《しらお》

天の川星より上に見ゆるかな　同

江に沿ふて流るゝ影や天の川　暁台《きょうたい》

天の川飛びこす程に見ゆるかな　士朗《しろう》

天の川糺《ただす》の涼み過ぎにけり　同

天の川田《た》守《もり》とはなす真上かな　乙二《おつに》

てゝれ干す竿《さお》のはづれや天の川　嵐外《らんがい》

巨鼇山《こごうざん》

山風や樫《かし》も檜《ひのき》も天の川　同

などものしたる、あるいは滑稽にあるいは壮大にあるいは真率《しんそつ》にあるいは奇抜にあるいは人事的に十人十色なるを思へば、初めの我思案こそ拙《つたな》かりけれ、天の川をただ大きく天にひろがりたるものとばかり見し故に趣向は浮ばざりしなり。なるほど七夕《たなばた》星を人間と見てそれが恋のために裾《すそ》引つからげて天の川を渡る処など思ひなば可《お》笑《か》しき事もありなん。日暮れて馬上に銀河を見上げたる処、山上樹木鬱葱《うっそう》たる上に銀河の白くかかりたる処、途上に人と咄《はな》しながらふと仰向けば銀河の我首筋に落ちかかる処、天の川を大きく見ず、かへつて二、三尺ほどの溝川《みぞがわ》の如く見立てたる処、あるいは七夕に手向《たむ》けたる犢鼻褌《とくびこん》の銀漢をかざしてひらひらと翻《ひるがえ》る処、見様《みよう》によればただ一筋の天の川は幾様にも変り得べき者なりしを合点《がてん》するなるべし。

一、なまじひに他人の句を二、三句ばかり見聞きたる時は外に趣向なき心地す。十句二十句百句と多く見聞く時はかへつて無数の趣向を得べし。古人が既に己の意匠を言ひをらん事を恐れて古句を見るを嫌ふが如きは、耳を掩《おお》ふて鈴を盗むよりもなほ可笑《おか》しきわざなり。

一、一題一句づつ多くの題につきて句を試むるも善し、あるいは一題十句、一題百句などの如く一題にて出来るだけの変化を試むるも善し。

一、一題百句などをものせんとする時は、始めの四、五句を得るに非常の苦吟を感ずべし。その後はやや容易にものし得て、二、三十句に達したる後は百句たちどころに弁ずべく、なほ百句位は出来《でく》べき心地すべし。

一、運座《うんざ》点取《てんとり》など人と競争するも善し。秀逸の賞品を得るが如きは卑野にして君子の為すべき所に非ず。俳句の下巻または巻を取るは苦しからず。時宜《じぎ》に由《よ》りて俳書を賞品と為すも善かるべし。

一、三笠附《みかさづけ》、懸賞発句募集、その外博奕《ばくえき》に類し私利に関する事にはたづさはるべからず。

一、一時間に幾十百句をものするも善し、数日を費《ついや》して一句を推敲《すいこう》するも善し。早くものすれば放胆《ほうたん》の方《かた》に養ふ所あり、苦しみてものすれば小心の方に得る所あり。

一、俳句の中に言語または材料の解する能《あた》はざる者あらば、索引書《さくいんしょ》または学者につきてこれを問ひ糺《ただ》すべし。言語材料尽《ことごと》く分明に解し得ながら一句の意味に解する能はざる所あらば自ら熟思《じゅくし》すべし。熟思して得ざれば則ち学者に問へ。

一、初学の人俳句を解するに作者の理想を探らんとする者多し。しかれども俳句は理想的の者極めて稀《まれ》に、事物をありのままに詠みたる者最も多し。しかして趣味はかへつて後者に多く存す。例へば

古池や蛙《かわず》飛びこむ水の音　　芭蕉

といふ句を見て、作者の理想は閑寂《かんじゃく》を現はすにあらんか、禅学上悟道の句ならんか、あるいはその他何処《いずく》にかあらんなどと穿鑿《せんさく》する人あれども、それはただそのままの理想も何もなき句と見るべし。古池に蛙が飛びこんでキヤブンと音のしたのを聞きて芭蕉がしかく詠みしものなり。

稲妻やきのふは東けふは西　　其《き》角《かく》

といふは諸《しょ》行《ぎょう》無常的の理想を含めたるものにて、俗人はこれを佳句の如く思ひもてはやせども文学としては一文の価値なきものなり。

一、初学の人にして譬《ひ》喩《ゆ》、難題、冠附《かむりづけ》、冠履、回文《かいぶん》、盲附《めくらづけ》俳句、時事雑詠等の俳句をものせんとする人間々《まま》あり。しかれどもこれらの条件は皆文学以外の分子にして、言はば文学以外の事に文学の皮を被《き》せたる者なり。故に普通に言ひおほせたりとて俳句にはならぬなり。もし此《かく》の如き題をものしてしかも多少の文学的風韻あらしめんとするは老熟の上の戯《たわむ》れなり。初学の企て及ぶ所にあらず。

一、学識なき者は雅俗の趣味を区別すること難《かた》く、学識ある者は理想に偏して文学の範囲外にさまよふこと多し。しかれども終局において学識ある者は学識なき者にまさること万々《ばんばん》なり。

一、文章を作る者、詩を作る者、小説を作る者、俄《にわ》かに俳句をものせんとしてその語句の簡単に過ぐるを覚ゆ。曰く、俳句は終《つい》に何らの思想をも現はす能《あた》はずと。しかれどもこれ聯想の習慣の異なるよりして来る者にして、複雑なる者を取《とっ》て尽《ことごと》くこれを十七字中に収めんとする故に成し得ぬなり。俳句に適したる簡単なる思想を取り来らば何の苦もなく十七字に収め得べし。縦《よ》しまた複雑なる者なりとも、その中より最《もっとも》文学的俳句的なる一要素を抜き来りてこれを十七字中に収めなば俳句となるべし。初学の人は議論するより作る方こそ肝心《かんじん》なれ。

一、俳句の古調を擬する者あれば、「古し」「焼直しなり」などとて宗匠輩《はい》は擯斥《ひんせき》すめり。何ぞ知らん自己が新奇として喜ぶ所の者尽く天保《てんぽう》以後の焼直しに過ぎず。同じくこれ焼直しなりとも金《きん》と鉛《なまり》とは自《おのずか》ら価値に大差あり。初学者惑《まど》ふ莫《なか》れ。

一、古俳書なりとも俳諧の理屈を説きたる者は初学者の見るべき者に非ず。蕉門《しょうもん》の著書といへども十中八、九は誤謬《ごびゅう》なり。その精神は必ずしも誤謬ならざるも、その字句はその精神を写す能《あた》はずして後生《こうせい》の惑《まどい》を来す者比々《ひひ》皆これなり。もし仮名遣、手爾波《てには》抔《など》を学ばんと思はば俳書に就《つ》かずして普通の和書に就け。(9)『古言梯《こげんてい》』(10)『詞《ことば》の八千衢《やちまた》』(11)『詞《ことば》の玉《たま》の緒《お》』など幾何《いくら》もあるべし。

一、俳諧は滑稽なりとて滑稽ならざるは俳句にあらずといふ人あり。局量の小なる一笑するに堪《た》へたり。これ己れたまたま滑稽よりして俳諧に入りしかばしか言ふのみ。濁酒を好む馬士《まご》の清酒を飲んで酒に非ずといひたらんが如し。

一、初学の人にして自己の標準立たずとて苦にする者あり、尤《もっと》もの事なれども苦にするに及ばず。多くものし多く読むうちにはおのづと標準の確立するに至らん。

一、俳句はただ己れに面白からんやうにものすべし。己れに面白からずとも人に面白かれと思ふは宗匠門下の景物連《けいぶつれん》の心がけなり。縮緬《ちりめん》一匹、金時計一個を目あてにして作りたる者は、縮緬と時計とを取り外《はず》したるあとにて見るべし。我ながら拙《つたな》し卑《いや》しと驚くほどの句なるべし。

一、閒《かん》ある時に是非とも俳句をものせんとあがくも宜《よろ》しからず。忙しき時に無理に俳句をものせんとなやむも宜しからず。出づる時は出づるに任せ出ぬ時は出ぬに任すべし。間なる時一句をも得ずして忙しき時に数句をたちどころに得る事あり。最もおもしろし。

一、俳句のために邪念を忘れたるは善し、ゆめ本職を忘るべからず。しかれども熱心ならざれば道に進まず、熱心なれば本職を忘るるに至る。その程度を知るはその人にあり。

一、俳句の題は普通に四季の景物を用う。しかれども題は季の景物に限るべからず。季以外の雑題《ぞうだい》を取り季を結んでものすべし。両者並び試みざれば終《つい》に狭隘《きょうあい》を免れざらん。

一、俳句の題は必ずしもその題を主としてものするを要せず。ただその題を詠みこまばそれにて十分なり。例へば頭巾《ずきん》といふ題を得たる時に頭巾を主としてものすれば俗に陥りやすく陳腐に傾きやすし。故に時々この題を軽く詠みこみて他へそらすことも忘るべからず。

始めて東武に下る時

頭巾取り襟《えり》つくろふや富士の晴れ　湖《こ》春《しゅん》

といふが如き富士を主としたるものをものするも差支なし。此の如くならざれば尽く陳腐に流れてしかも変化すべき区域狭くなるべし。故に俳句の題は和歌の如く題に叶《かな》ふ叶はぬをやかましく穿鑿《せんさく》するに及ばず。

一、俳句の題を得たる時はそれを主とせずして可なるのみならず、その題を全く空想中の物となして実在せしめざるもまた可なり。例へば蔦《つた》といふ秋季の題を得たる時

野の宮の鳥居に蔦もなかりけり　涼《りょう》菟《と》

の如く蔦といふ実物を句中に現在せしめざるも差支なし。これにてやはり秋季と為るなり。

一、月並者流の題に文字結《もじむすび》と言ふ事あり。例へば雪の題にて結字《むすびじ》「後」と定められ

たる時ま、雪の句の中に「後」の字をも詠みこむなり。これは単に雪の題ならば俗俳家が古人の雪の句を剽窃《ひょうせつ》し来り、または自己の古き持句を幾度《いくたび》も出さんとする者多き故にこれを予防するの策なり。いやしくも徳義を解し廉恥《れんち》を知る人に対して為すべきに非ず。いはんや文字結なる者は到底佳句を得る能《あた》はざるをや。

一、他人が悪しと言ふ句も己が善しと思はば人に構はずその種類をものすべし。もしその種の句にして果して悪き者ならば長くものし多くものする間には自然と厭《えん》嫌《けん》を生ずべし。

一、初学の人古人《こじん》の俳句を見て毫も解する能はざる者多しとなす。これ畢竟《ひっきょう》古句を見る事の少《すくな》きがためなり。古句解すべからずとて俳句は学びがたしと為すに及ばず。能く解し得る者よりして道に進むべし。

一、あるいは解しがたきの句をものするを以て高尚《こうしょう》なりと思惟《しい》するが如きは俗人の僻見《へきけん》のみ。佶屈《きっくつ》なる句は貴からず、平凡なる句はなかなかに貴し。

一、俳句の妙味は終《つい》に解釈すべからざるを以て各人の自悟《じご》を待つより外《ほか》なしといへども、字句の解釈に至りては固《もと》より容易に説明し得べし。故に初学者のために古句の解説を与へ、併《あわ》せて多少の批評を為すべし。

（修学第一期中に列ねたる条項は思ひつくままに記したるを以て、前後錯綜重複《さくそうちょうふく》あるを免れず、読者請ふこれを諒せよ）

一、　朝顔に釣瓶《つるべ》取られてもらひ水　　千代《ちよ》

朝顔の蔓《つる》が釣瓶に巻きつきてその蔓を切りちぎるに非《あらざ》れば釣瓶を取る能はず、それを朝顔に釣瓶を取られたといひたるなり。釣瓶を取られたる故に余所《よそ》へ行きて水をもらひたるといふ意なり。このもらひ水といふ趣向俗極まりて蛇足《だそく》なり。朝顔に釣瓶を取られたとばかりにてかへつて善し。それも取られてとは最《もっとも》俗なり。ただ朝顔が釣瓶にまとひ付きたるさまをおとなしくものするを可とす。この句は人口《じんこう》に膾炙《かいしゃ》する句なれども俗気多くして俳句とはいふべからず。

一、　井戸《いど》端《ばた》の桜あぶなし酒の酔《えい》　　秋色《しゅうしき》

これは秋色といふ女が十三歳の時ものして上野の桜に結びつけたりとて、その桜

を秋色桜⑿と名づけ今も清水堂の裏手に匿《かこ》ひたる老樹なり。井戸もその側に残りあり。（されども考証家の説に拠《よ》れば真の秋色桜の位置は此処《ここ》にあらずして摺鉢山《すりばちやま》に近き方なりと）この意は井戸端に桜の咲きたるを見んとて酔どれし人の何の気もなくその木の下に近よるにぞ、もし過《あやま》つて井の中に落ちもやせんと気遣《きづか》ひたるなり。「あぶなし」といふ語の主格は酔人《すいじん》にして桜にあらず。しかもその酔人といふ語はなくただ「酒の酔」と虚にいひたるのみなれば、普通の文章のやうに解しては解しがたきわけなり。さてこの句も千代の朝顔の句と同じく俗にして見るに堪《た》へず。ただ千代のに比すれば俗気少なからんか。

一、　蚊にこまる蚊もまたこまる団扇《うちわ》かな　　失　名

誰の句とは知らねど俗間に伝称する句なり。意義は解釈するまでもなし。この句の如きは俗のまた俗なるものにして、前二句に比するもまた数等の下にあり。ただ俗間此《かく》の如きものを発句と称《とな》へをる者多き故にその妄《もう》を弁ずるのみ。

一、　何事ぞ花見る人の長《なが》刀《がたな》　去来

意は長刀さしたる人の花見に出掛けたるを咎《とが》めたるなり。花見とならばいかめしき長刀をさして群衆の中へ出るでもあるまじきに、その無風流は何事ぞと嘲《あざけ》りたるなり。これらは多少の理想を含みをる故に俗間に伝はり称せらるれども、名句と言ふは必ずしもこの種の句に限らざるなり。否、この種の句は最も卑俗なり易《やす》きものと知るべし。この句は此の如く理想を含みたる句の上にては上乗《じょうじょう》とすべき名句なれども、初学者のこの種の句を学ぶは最も危《あやう》し。

一、　蒲《ふ》団《とん》着《き》て寝たる姿や東山　嵐雪

これは実景を知らぬ人はその味《あじわい》を解しがたし。試《こころ》みに京都に行きてつくづくと東山を見るべし。低き山の近くにありてしかも頂《いただき》の少しづつ高低ある処、あたかも人が蒲団をかぶりて寝たるに似たり。さればこそこの譬《ひ》喩《ゆ》的《てき》の吟ありたるなれ。この句は品の善き句にあらねども滑稽と軽妙とを以て勝《まさ》りたるものにして容易に模倣し得べきに非ず。しかしてこの句につきて俗人は勿論《もちろん》、普通の文学者にも解しがたき俳句上の特色あり。そは冬の季といふことなり。蒲団は冬季にしてこの句は蒲団を譬喩に用ゐたれども、他に季とすべき者なければやはり冬季と為《な》るなり。俗人の解するが如くこの句を単に東山の譬喩とするのみならばちよつとをかしきばかりにて何の趣もなき訳なれども、冬季になる故に趣を生ずるなり。さすがの都《みやこ》も冬枯れて見るもの淋《さび》しく寒きが中に彼《か》の東山を見れば、これも春の頃のなまめきたる様子を捨ててただひつそりと寒さうに横《よこた》はる処、如何《いか》にも蒲団うちかぶりて寝たると見れば淋《さび》しさの中に多少のをかしみもありて何となく面白う感ぜらるるなり。人もしこれを疑はば夏の東山を見てこの句を味ひ、更に冬の東山を見てこの句を味ひ、以てその趣の多少を比較すべし。必ず発明する所あらん。

一、　我《わが》雪《ゆき》とおもへば軽《かろ》し笠《かさ》の上　　其角

普通には「我ものと思へば軽し笠の雪」として伝はれり。されど「我もの」としては甚だ俗なり、「我雪」の方に従ふべし。意味は解釈するまでもなし。こは端《は》(13)

唄《うた》などに入りたるため多少艶体《えんたい》に近き感を生じ、俗人は有難《ありがた》がれどこれ即ちこの句の俗なる所以《ゆえん》なり。其角の句としては斬新を以て賞すべし。もしこれを模倣《もほう》する者あらば直ちに邪路に陥《おちい》ること必定《ひつじょう》なり。

一、　しばらくは花の上なる月夜かな　　芭蕉

芭蕉吉野にての吟なり。これは吉野の花の多きことを言へるものにして、そこら一面の花なれば月もしばらくは花の上を立ち去らずとの意なり。此処《ここ》にて「しばらく」といふはやや久しきことを言へり。これは素人好《しろうとずき》のする句なれども深き味のなき句なり。けだし実景を写さずして理想に趨《はし》りたるがためならん。

一、　わが事と泥鰌《どじょう》の逃げし根芹《ねぜり》かな　　丈草

芹は春のはじめなり。芹摘《つ》みにと手を出したれば芹のあたりにゐたる泥鰌の捕へられんとや恐れけん、あちらに逃げ隠れたりといふ意にして、泥鰌を擬人法にして軽くおどけたる処、丈草の独擅《どくせん》なり。上品に非《あらざ》るもなほ名句たるを失はず。

一、

門前の小家《こいえ》もあそぶ冬至《とうじ》かな　　凡兆《ぼんちょう》

冬至とは日の短き極端にして一陽来復の日なり。しかれどもここにては右の如き意味に用ゐたるに非ず。けだし冬至は禅宗において供養の定日《じょうじつ》なるを以て、寺の門前に住みたる小家もお寺の縁によりこの日は遊び暮らすとなり。門前とは普通の家の門前ならずして寺の門前なることは一句の上にて明《あきら》かなり。また門前の小家といふこと何のための家とは分らねど、前後の趣より察すればいづれ直接か間接かこの寺のために生活しをる小家とは知れるなり。こは元禄の句なるが、当時にありて門前といふが如き言ひなれぬ漢語を用うることは少きに、これはかへつて後世蕪村《ぶそん》の調にも似たるは如何《いかに》といふに、山門前の意味なれば漢音にて門前と読ませたるなり。山門に限らず仏語《ぶつご》には漢音の用語多し(14)。さてこの句の値《あたい》を論ぜんに、固《もと》より余韻ある句にあらねど一句のしまりてたるみなき処名人《めいじん》の作たるに相違なく、将《は》た冬至の句としては上乗の部に入るべし。澹泊《たんぱく》に何気《なにげ》なく言ひ出したる処、かへつて冬至の趣ありて味ひあり。

一、　里人の渡り候《そうろう》か橋の霜　　宗因《そういん》

句意は橋上《きょうじょう》の霜に足跡あるを見て、大方《おおかた》里人のはや渡りたらんかと想像したるまでなり。されどこの句は檀林《だんりん》の開祖宗因の作にして、一句の目当《めあて》は趣にあらず、かへつて言葉の上の口あひにあること檀林の特色なり。この句も候などの字をつかひたるは謡曲の文句を用ゐたるなれども、そればかりにてはいまだ口あひにならず、けだし謡曲の中には「里人の渡り候か」といふ言葉あるべし。（今何の中にありと記憶せねども）(15)その謡曲の意はこの辺に里人はおぢやるかと尋ねたるものなるを、この俳句にては「渡《わたり》」の字の意義を転用しておぢやるといふ事には用ゐず、橋を渡るの渡る意に用ゐ、以て口あひとなしたるなり。檀林風の句多くはこの種なり。さてこの種の句は俳諧史の上には著き功績ありたれども、今日より評せんには一文《いちもん》の価値もなかるべし。いはゆる趣味余韻の如きは毫《ごう》もこれを有せざるがためのみ。

一、　世の中は三日見ぬ間に桜かな　蓼《りょう》太《た》

名高き句にて世の人大方は知れり。句意は世の中の有為《うい》転変《てんぺん》なるは桜花の少しの間に咲き満ちたると同じとなり。誰にも能《よ》く分る句にてしかも理想を含みたれば世人には賞翫《しょうがん》せらるるものと覚えたり。されども理想を含みたる者必ずしも善からざるは前にも言ひたる如し。いはんやこの句の如き格調の下品なる者は俳句とも言ひがたき位なり。されどもはじめての作としては保存するも可なり。ゆめ模倣すべからざるものなり。俗には「三日見ぬ間の」と伝へたれどもやはり「見ぬ間に」と「に」の字の方よろし。「の」とすれば全く譬喩《ひゆ》となりて味少く、「に」とすれば「桜」が主となり実景となる故に多少の趣を生ずべし。

一、　朝顔や紺《こん》に染めても強からず　也《や》有《ゆう》

糸抔《など》を紺に染むれば糸が強く丈夫になるとは俗に言ふ所なり。されど朝顔の花は紺色のものもやはりその朝限りの命にて強くもあらずとおどけ興じたるなり。也有の句概《おおむ》ねこの類《たぐい》なり。これらもちよつとをかしみあれど初学の模倣すべきものにはあらず。

一、　御《お》手《て》討《うち》の夫婦《めおと》なりしを衣《ころも》がへ　　蕪村

善く昔の小説にある筋を詠みたるなり。其《そ》の男おのが主人の娘または腰元などに馴《な》れ染めしが、いつしかその事主人の耳に入り不義は御家《おいえ》の御法度《ごはっと》なりとて御手討になるべき処を、側の者が申しなだめて二人の命を乞《こ》ひたるならん。その後二人は夫婦となりて安楽に暮らしをるさまをかくはつづりしなめり。衣がへは更衣とも書きて夏の初めに綿入《わたいれ》を脱ぎ袷《あわせ》に着《き》かふることをいふ。特にこの句に更衣を用ゐたるは今は二人の者が世帯を持ちて平穏に暮らしをる事を現はさんがためにして、これらの言廻し取り合せなど総《すべ》て老練の極なり。人世《じんせい》の複雑なる事実を取り来りてかくまでに詠みこなすこと、蕪村が一大俳家として芭蕉以外に一旗幟《きし》を立てたる所以《ゆえん》なり。因《ちな》みにいふ、この趣向は小説の上にはありふれたりといへども、蕪村時代にはまだ箇様《かよう》な小説はなかりしものなり。蕪村は慥《たし》かに小説的思想

を有したり。

一、　おちぶれて関《せき》寺《でら》うたふ頭《ず》巾《きん》かな　　几《き》董《とう》

頭巾は冬季なり。関寺とは「関寺小町」といふ謡曲の名にして、小町がおちぶれし後の事を綴《つづ》りたるなり。昔はさるべき人の今はおちぶれて関寺小町などを謡ひをるさまを詠《よ》めり。零《れい》落《らく》せし人故に特に関寺小町を取り合せたるなり。頭巾とはおちぶれし人の頭巾着てをるをいふなり。「うたふ頭巾かな」といふ続きにて頭巾着た人が謡ふとなること俳句において通例の句法なり。また頭巾といふ季を結びたるは冬なれば人の零落したる趣に善く副《そ》ひ、また頭巾を冠《かぶ》りて侘《わ》びたる様子も見ゆる故なり。

一、　うちそむき木を割る桃の主《あるじ》かな　　白《しら》雄《お》

桃とは桃花のことにて春季なり。桃の主とは前後の模様にて考ふれば樵《き》夫《こり》か百姓などの類《たぐい》なるべし。木を割るとは薪《まき》を割るなり。うちそむきとは桃の花を背にし

て木を割るといふ意なり。即景そのままにして多少の野趣あり。

一、　時鳥《ほととぎす》鳴くや蓴菜《ぬなわ》の薄加減《うすかげん》　暁台《きょうたい》

蓴菜は俗にいふじゆんさいにして此処《ここ》にてはぬなはと読む。薄加減はじゆん菜《さい》の料理のことにして塩の利《き》かぬやうにする事ならん。さて時鳥と蓴菜との関係は如何《いかに》といふに、関係といふほどのものなくただ時候の取り合せと見て可なり。必ずしも蓴菜を喰ひをる時に時鳥の啼《な》き過ぎたる者とするにも及ばず。ただ蓴菜の薄加減に出来し時と時鳥のなく時とほぼ同じ時候なるを以て、この二物によりこの時候を現はしたるなり。しかも二物とも夏にして時鳥の音の清《きよ》らなる蓴菜の味の澹泊なる処、能《よ》く夏の始《はじめ》の清涼なる候を想像せしむるに足る。これらの句は取(16)り合せの巧拙によりてほぼその句の品格を定む。

一、　初雪やくばり足らいで比枝《ひえ》許《ばか》り　蝶夢《ちょうむ》

初雪が降ることは降つたが余り少量故何処《どこ》も彼《か》も降るといふわけには行かず、た

だ比叡山《ひえいざん》の上ばかりに降つたといふことなり。配り足らぬとは初雪を擬人法にしてさういふなり。巧者な句といふべし。

一、　砂川や枕のほしき夕涼み　　　闌更《らんこう》

砂川に出で涼みてをれば涼しくもあり、かつは余り砂川の清らさに枕《まくら》をかりてこの河原表《かわらおもて》の砂の上に寐転《ねころ》びたしとの意にて軽妙なる句なり。

一、　追々に塔の雫《しずく》や春の雪　　　二柳《じりゅう》

春の雪は早く解《と》けるものなり。されど五重の塔の屋根には日向《ひなた》と日陰《ひかげ》といろいろにある故に、先《ま》づ一処《ひとところ》より解け初《そ》むると思へば次第々々に此処彼処《ここかしこ》と解けて、果てはどこもかも雫が落つるやうになりたりといふ意なり。これは巧者な句なり。

一、　菊の香《か》や奈良には古き仏だち　　　芭蕉

この句において菊と仏とは場所の関係なし。必ずしも仏の前に菊を供へたるにも

あらず、必ずしも仏堂の側に菊の咲きたるにもあらず。強《し》ひて場所の関係を言はば菊も古仏も共に奈良にあるまでの事なり。作者の奈良に遊びし時あたかも菊の咲く頃なりしなるべく、従つてこの句を以て奈良を現はしたるなるべしといへども、しかも菊花と古仏との取り合せは共にさび尽したる処、少しも動かぬやうに観《み》ゆ。ここ作者の活眼《かつがん》と知るべし。

一、　秋風や白木《しらき》の弓に弦《つる》張らん　去来

夏時《かじ》白木の弓に弦を張れば膠《にかわ》が剝《は》げるとて秋冷の候を待ちてするなり。故に秋風やと置けり。されどもそればかりにては理屈の句にて些《いささか》の趣味なし。けだし弓は昔時《せきじ》にあつては神聖なる武器にして、戦場に用ゐらるるは言ふまでもなく、蟇目《ひきめ》などとて妖魔《ようま》を攘《はら》ふの儀式もある位なれば、金気《きんき》の粛殺《しゅくさつ》たるに取り合せて自《おの》ら《ずか》無限の趣味を生ずるを見る。いはんやその弓は白木の弓なるをや。白色には神聖の感あり、粛殺の感あり、故に秋の色は白とす。この句無造作に詠み出《い》でて男らしき処を失はず。有り難き佳句なり。

一、　時鳥《ほとゝぎす》鳴くや雲雀《ひばり》の十文字　　去来

時鳥は夏にして雲雀は春なり。されども時鳥は春に鳴かずして雲雀は夏もをる故この句は夏季となるなり。この意は時鳥は横一文字に飛ぶものにして雲雀は下より上へ真直《まっすぐ》に上る者なり。故に丁度《ちょうど》雲雀の上る処を時鳥が横ぎりてあたかも十文字の如くなりたるをいふなり。最も巧妙なる句なり。

一、　卯《う》の花の絶《たえ》間《ま》敲《たた》かん闇《やみ》の門《かど》　　去来

闇夜に人の門を叩かんとするに、一寸先は闇《くろ》うしていづくを門とも定めがたし。ただそこらの垣《かき》一面に咲ける卯の花は闇にも白く見ゆるにぞ、その中に少しばかり卯の花の絶えたる処こそ門ならめと推量したるなり。夜景綺麗《きれい》なれば素人の劇賞する句なり。この句わろしとにはあらねど素人の好《す》くほどに善き句にあらず。(但し千代の朝顔の句、秋色の桜の句抔《など》に比すればこの句の高きこと数等なり)もし絶間といふ語を改めなば今一段の佳句ともなるべし。

一、　生娘《きむすめ》の袖《そで》誰が引いて雉《きじ》の声　　也有

雉はやさしき姿ながらおそろしき声を出すもの故、あたかもたはれ男《お》に袖引かれたる生娘が覚えず高声を発したるにも似たりとなり。この句は生娘の声を雉に譬《たと》へたりとするも、または雉の声を生娘に譬へたりとするも妨げなし。

一、　むつとして戻れば庭に柳かな　　蓼太

「むつとして帰れば門《かど》に青柳《あおやぎ》の」と(17)端唄《はうた》にも謡《うた》はれたれば世の人は善く知りたらん。句意は余所《よそ》で腹の立つ事ありてむつとしながら内に帰れば、庭に柳のおとなしく垂《た》れたるを見て、この柳の如く風にもさからはず、ただ柔和《にゅうわ》にしてこそ世の中も渡るべけれと悟《さと》りたるなり。箇様な理想を含む故に端唄にもはひりたれど、俗気十分にして月並調の本色《ほんしょく》を現はせり。千代の朝顔の句よりもなほ厭《いや》な心地す。

一、　妻にもと幾《いく》人《たり》思ふ花見かな　　破《は》笠《りつ》

花見の中に交《まじ》りて行けば美人が綺羅《きら》を着飾りて沢山出《い》で来る故に、あのやうな女を我妻《わがつま》にしたい、このやうな娘も我妻にしたいと思ふといふことなり。綺羅雑沓《ざっとう》して都会の花見の盛《さかん》なるさまは裏面に現はれたり。

一、　見ぐるしき馬にのりけり雲の峰　　斗《と》入《にゅう》

雲の峰は夏季にして夏雲多奇峰《かうんきほうおおし》の意なり。この雲が出て来ると熱くなる故、雲の峰には夏の空の晴れて熱き心を言へるが例なり。この句は旅人のから尻《じり》などに乗りて行く様を言ひしものなれば、綺麗な馬に非《あらざ》るは勿論《もちろん》なれど、特に見ぐるしきと言ふ上は通常のよりもよほど見ぐるしとの意なり。けだし炎天に人を載《の》せて歩むこと故、馬もいたく疲れて道はかどらず、毛は汗によごれて如何にも見苦しきさまを言へるなり。一句吟じ畢《おわ》れば炎天に人馬の疲労せしさま見るが如し。

一、初学の人道に進むはいづれの方向よりするも勝手なれども、普通の学生などの俳句をものするは多く漢語を用ゐ漢詩を応用する者を実際上多しとす。例へば(18)水《すい》村山郭酒旗風《そんさんかくしゅきのかぜ》といふ杜牧《とぼく》の成句を取りてこれに秋季の景物を添へ

沙魚《はぜ》釣《つる》や水村山郭酒旗風　嵐雪

といふが如きこれにても俳句なり。この辺より悟入《ごにゅう》するも可なり。また成句を用ゐざるもただ目前の景物を取りて一列に並べたるばかりにても俳句にならぬ事はあらじ。

(19)奈良七《なな》重《え》七堂伽《が》藍《らん》八重桜　芭蕉
藪《やぶ》寺《でら》や筍《たけのこ》月《づき》夜《よ》時鳥　成《せい》美《び》
浦山や有《あり》明《あけ》霞《がすみ》遅《おそ》桜《ざくら》　羽《う》人《じん》

などの作例もあるなり。この三句の中にて成美の句最《もっとも》佳なりとす。

一、和歌を学びたる人の俳句に入るは詩人の俳句に入るよりも難《かた》し。これ和歌の性質の然《しか》るにあらずして今日普通の和歌と称する者の文学的ならざればなり。『万葉集』の歌は文学的に作為せしものに非《あらざ》れども、穉《ち》気《き》ありて俗気なき処かへつて文学的なる者多し。『新古今集』には間々佳篇あり。『金槐《きんかい》和歌集』には千古の絶唱十首にかりあるべし。徳川氏の末に至りては繊巧《せんこう》なる方《かた》のみやや文学的とはなれり。これらの歌より進む者は固《もと》より俳句に入り得べく、しかも詩人の俳句に入るよりも入りやすきこと論を俟《ま》たず。されども『古今集』の如き言語ありて意匠なき歌より進み来らば俳道に入ること甚《はなは》だ困難なるべし。けだし俳句の上にては優長なる調子を容《い》れず。むしろ切迫なる方に傾くが故なり。試《こころ》みに俳句的の和歌を挙げなば

　もの丶ふの矢なみつくろふこての上に霰《あられ》たばしる那須の篠原　源　実朝《みなもとのさねとも》

の如きを然《しか》りとす。この外『新古今』の(20)「入日《いるひ》をあらふ沖つ白浪《しらなみ》」(21)「葉広《はびろ》がしはに霰ふるなり」など、または真淵《まぶち》(22)の鷲《わし》の嵐《あらし》、(23)粟津《あわづ》の夕立《ゆうだち》の歌などの如きは和歌の尤物《ゆうぶつ》にして俳句にもなり得べき意匠なり。

一、前には初学者のために多少古句の解釈など試みたれど、そは標準とすべき者を挙げたるにはあらず。故に今ここに標準とすべき者十数句を挙げて第一期の結尾となすべし。但し俳句に入る人、繊巧より佶屈より疎大より滑稽よりおのおの道

を選びて進むこと勿論なれども、平易より進む方尤《もっと》も普通にしてしかも正路《せいろ》なりと思ふが故に、ここに平易なる句を抜萃《ばっすい》せり。分け登る道はいづれなりとも、その極に至れば同じ雲井に一輪の大月《たいげつ》を見るの外はあらじ。

五六本よりてしだる、柳かな　去来
永き日や大仏殿の普請声　李《り》由《ゆう》
凩《こがらし》や刈《かり》田《た》のあとの鉄《かな》気《け》水《みず》　惟《い》然《ぜん》
清水の上から出たり春の月　許《きょ》六《りく》
声かけて鵜《う》縄《なわ》をさばく早瀬かな　涼菟
鎌倉の街道をのす燕《つばめ》かな　尚《しょう》白《はく》
春の日の念仏ゆるき野寺かな　同
静かさは栗の葉沈む清水かな　*同
よろ〳〵と撫《なで》子《しこ》残る枯野かな　同
藁《わら》積んで広く淋しき枯野かな　同

道ばたに多賀の鳥居の寒さかな　同
夕立や川追ひあぐる裸馬　正《まさ》秀《ひで》
山松のあはひ〳〵や花の雲　その
市《いち》中《なか》はもの、匂ひや夏の月　凡《ぼん》兆《ちょう》
百《も》舌《ず》鳥鳴くや入《いり》日《ひ》さしこむ女《め》松《まつ》原《ばら》　同
なが〳〵と川一筋や雪の原　同
旅人の見て行く門《かど》の柳かな　樗《ちょ》良《ら》
春雨や松に鶴鳴く和歌の浦　同
我庵《いお》は榎《えのき》許《ばか》りの落葉かな　同

以上の句は皆句調の巧を求めず、ただありのままの事物をありのままにつらねたるまでなれば、誠に平易にして誰にも分るなるべし。しかしてその句の価値を問へば即ち多くはこれ第一流の句にして俳句界中有数の佳作なり。

＊　この句の作者は、子規自身「随問随答」でただしているように「尚白」でな

く「柳陰」であるが底本のままとしておいた。

第六　修学第二期

一、利根《りこん》のある学生俳句をものすること五千首に及ばば直ちに第二期に入るべし。普通の人にても多少の学問ある者俳句をものすること一万首以上に至らば必ず第二期に入り来らん。

一、句数五千一万の多きに至らずとも、才能ある人は数年の星霜を経《へ》る間には自然と発達して、何時《いつ》の間にか第二期に入《い》りをる事多し。けだし自ら多くものせずとも多年の間には他人の句を見、説を聞くこと多きがためなり。

一、第一期第二期の限界は判然たるものに非ず。しかれども俳句をものする人は初めは五里霧中《ごりむちゅう》に迷ふが如く、他人任せに句を作るが如き感あり。ただ句数と歳月とを積むこと多ければほぼ一句のこなしつき、古人の句を見ても自分の句を見てもあらましの評論も出来、何となく自己心中に頼む所あるが如く感ずるに至らん。

この辺より上を先づ第二期と定めん。

一、第二期に入り来る人といへども、その人の稟性《ひんせい》において進歩の方法順序において相異あるがために、発達する部分に程度の相異あるを免れず。例へば甲は意匠の点において発達したるも言語これに副《そ》はず、乙は言語の点において発達したるも意匠これに副はず、丙は雅趣を解して繊巧を解せず、丁は繊巧を解して壮大を解せざるが如きこれなり。

一、古雅に長じて他に拙なる者、繊細に長じて他に拙なる者、疎豪に長じて他に拙なる者等の如きは如何《いかが》の方針を取《と》つてか進むべき。応《こた》へて曰く、一定の方針あるべき理《ことわり》なし。一は自己の長ずる所をしてますます長ぜしめよ。他は自己の及ばざる所に向つて研窮《けんきゆう》せよ。両者もし並び行ひ得べくんば並び行へ。

一、自己の長ずる一方に向つて専攻するの方針を取るもなほ多少の変化を知るを要す。変化を知るは勉めて自己の句の変化を試むるにあり。勉めて古今の句を多く読むにあり。古人または一時代の格調を模倣するも可なり。

一、人あり、古俳人某の俳句の格調他に異なるを見て厭《いと》ふべきものありとす。一度自らその句を摸してやや真を得るに及んで忽《たちま》ちその格調の新奇を愛するに至ることあり。故に博《ひろ》く学び多く作るを要す。

一、諸種の変化を要する中にも最も壮大雄渾《ゆうこん》の句あるを善しとす。壮大雄渾の趣は説きがたしといへども、これを形体の上について言はんに、空間の広き者は壮大なり。湖海の渺茫《びょうぼう》たる、山嶽の巍峨《ぎが》たる、大空の無限なる、あるいは千軍万馬の曠野《こうや》に羅列せる、あるいは河漢星辰《かかんせいしん》の地平に垂接せるが如き、皆壮大ならざるはなし。勢力の多き者は雄渾なり。大風《たいふう》の颯々《さつさつ》たる、怒濤《どとう》の澎湃《ほうはい》たる、飛瀑《ひばく》の瓏々《ごうごう》たる、あるいは洪水天に滔《とう》して邑里《ゆうり》を蕩流《とうりゅう》し、あるいは両軍相接して弾丸雨注《うちゅう》し、艨艟《もうどう》相交りて水雷海を湧《わ》かすが如き、皆雄渾ならざるはなし。

一、一些事《さじ》一微物《びぶつ》につきてもなほ比較的に壮大雄渾なる者あり。例へば牡丹を見る者、牡丹数輪の花を把《と》り来ると、ただ一輪の牡丹を把り来るとを比較すれば、一輪牡丹の方花の大きなるやう感ずべし。これ花の特別に大なるに非ず、一輪なれば比較すべき者なきがためなり。あるいは庭園中の牡丹を詠ずると、場所を指定せずしてただ一株の牡丹をのみ詠ずるとを比較すれば、後者の方牡丹の大なるを

感ずっこれまた牡丹の大なるに非ず、比較すべき者なきがためなり。（近く見れば大に遠く見れば小なるの理もあり）例へば

押し出して花一輪の牡丹かな　春《しゅん》来《らい》
四五輪に陰《かげ》日《ひ》南《なた》ある牡丹かな　梅《ばい》室《しつ》

の二句を比較せば前者の花大にして後者の花小なるを感ずべし。

蠟《ろう》燭《そく》に静まりかへる牡丹かな　許六
どや〳〵と牡丹つりこむ塀《へい》の内　士《し》朗《ろう》

の二句を比較せば前者の牡丹大にして後者の牡丹小なるを感ずべし。これを壮大といふは文字穏当ならずといへども、小に対して大といふは則《すなわ》ち可ならん。

一、壮大雄渾なるものも繊細精緻なるものも普通の美術上の価値において差異なきは初《はじめ》に述べたる如し。しかして今ここに特に壮大雄渾を挙ぐる者は、この種の句最も少きを以て一層渇望に堪へざるがためなり。何故にこの種の句少きかと問へ

ば、第一に世間この種の句の趣味を解する者少きこと、第二に世間この種の天然的人事的大観少きこと、第三俳句の字数少くしてこの種の大観を見《あら》はすに苦しきことこれなり。

一、美術の標準は吾人《ごじん》の主観中に一定して動くものにあらずといへども、客観的にこれを見れば同一の美術品にして時と場合により価値に差異を生ずることあり。即ち吾人の標準中には斬新を美とし陳腐を不美とするの一箇条あるがために、客観的に変動するを免れざるなり。例へば昔は面白き絵画なりと評せられしその意匠も、今日にありてこれを摸倣せば人皆陳腐としてこれを斥《しりぞ》けん。あるいは今日にありて斬新なりとてもてはやさるる詩文小説も、後世に至り同様の意匠を為す者多からば終《つい》には陳腐とし厭嫌せられんが如き類《たぐい》なり。(元禄時代にいはゆる不易流行なる語はややこの意に近しといへども、彼《かの》時代には推理的の頭脳を欠きし故曖昧《あいまい》を免れず)

一、壮大雄渾なる句は少きを以て、この種の句を作《な》す者はこれを渇望しをる人より歓迎賞美せらるべし。しかれども壮大雄渾なる事物はその種類甚だ少く目撃する事も稀《まれ》なるが故にとかく陳腐に陥り易《やす》し。また十七、八字の間に壮大雄渾の事物を包含せしむることは甚だ至難なるを以て、試みに或《あ》る大観を取て詠ずるも、何らの景色なるか何らの人事なるか茫漠《ぼうばく》として読者に知れがたき者多し。多少俳句に心得ある人、徒《いたず》らに大観の趣味を解したるまねしてこの種の句を為《な》す者、往々陳腐に陥りまたは茫漠解すべからざるに至る。鑑《かんが》みる所あるべし。

一、古来壮大雄渾の句を為す者極めて稀《まれ》なり。試みに我心頭《わがしんとう》に記憶し来る者を記さば

あら海や佐渡に横《よこた》ふ天の河　芭蕉
猪《いのしし》も共に吹かるゝ野分かな　同
湖の水まさりけり五月《さつき》雨《あめ》　去来
稲妻や海のおもてをひらめかす　史邦
初《はつ》汐《しお》や鳴門の波の飛脚船　凡兆
嵐吹く草の中より今日の月　樗《ちょ》良《ら》

五月雨《さみだれ》や大河を前に家二軒　蕪村
湖の水傾けて田植かな　几董《きとう》
蟻《あり》の道雲の峯より続きけり　一《いっ》茶《さ》
蟬《せみ》なくや天にひつゝく筑摩川《ちくまがわ》　同
とう〳〵と滝の落ちこむ茂りかな　士朗

等の類なり。（芭蕉の句にはなほ数首の壮大雄渾なる者あれども、そは芭蕉雑談(25)に論じたるを以てここに言はず。この外《ほか》にも比較的に壮大雄渾なるものは枚挙に暇《いとま》あらず）

一、繊細精緻なる句また学ばざるべからず。生来美術心に乏しき人、または漢学風の疎大に失する人は往々にしてこの種の趣味を解せざる者あり。しかれども世上いはゆる美術家、文学家なる者の八、九分は皆この一方に偏する者なり。ただ繊細精緻の極に達する人は八、九分の内更《さら》に一分を止めざるべし。天然を講究する人一草一木の微《び》を知り、人事を観察する人一些事《さじ》一微物の真面目《しんめんぼく》を識《し》り、人間心口間一髪《かんいっぱつ》の動機を観る者は絶無にして僅有《きんゆう》なり。俳句にては人事を講究すること小説家の如く精細なるを要せずといへども、天然を講究する事はなるべく精微なるを要す。けだし精細なる人事はこれを十七字中に包含せしむる能《あた》はずといへども、精細なる天然は包含せしめ得べき者多ければなり。

一、繊細精緻なる句は一々に引例に及ばざるべしといへども、見当りたる者数首を取りて左に列記せん。

蒲公英《たんぽぽ》や葉を下草に咲て居る　秋瓜《しゅうか》
草刈りて菫《すみれえ》選り出す童《わらべ》かな　鷗歩《おうほ》
白魚をふるひよせたる四つ手かな　其角
鶯《うぐいす》の身をさかさまに初音《はつね》かな　同
杜若《かきつばた》しぼむ下から開きけり　自友《じゆう》
愛らしう撫子《なでしこ》の花つぼみけり　平十
萩の花追々こけてさかりかな　孤舟

草の葉や足の折れたるきりぐ〳〵す　荷兮《かけい》
臼《うす》起す小春の草のほのかなり　吟江《ぎんこう》
埋火《うずみび》に年よる膝の小さゝよ　咫尺《しせき》
はこべ草枯野の土にしがみつく　蓮之《れんし》

一、壮大なる事物は少く繊細なる事物は多し。数個の繊細なる事物を合すれば一個の壮大なる事物となるべく、一個の壮大なる事物を分てば数個の繊細なる事物となるべし。

一、壮大を見る者繊細を見得ざるが如く、繊細を見る者また壮大を見得ざるが多し。注意せざるべからず。

一、(26)壮大にも雅俗あり、繊細にも雅俗あり。壮大を好む者単に壮大を見て雅俗を判ずるを知らず、繊細を好む者単に繊細を見て雅俗を判ずるを知らず。今の宗匠者流は繊細に偏してしかも雅致を解せず、俗趣を主とす。故にその句俗陋《ぞくろう》なり。今の書生者流は壮大に偏してしかも熟練を欠く、故に陳腐に陥らざれば必ず疎豪にして趣味の解すべからざる句を為す。他人の句を評するもまたこれを標準とす。繊細なる者は胆《たん》を大にすべし、壮大なる者は心を小にすべし。

一、題目已《すで》に壮大なるあり、題目已に繊細なるあり。四季の題目を以てこれを例せんに

夏山　夏野　夏木立《なつこだち》　青嵐　五月雨《さみだれ》　雲の峰　秋風　野分《のわき》　霧　稲妻　天《あま》の河《がわ》　星月夜　刈田　凩《こがらし》　冬枯《ふゆがれ》　冬木立　枯野　雪　時雨《しぐれ》　鯨《くじら》

等はその壮大なる者なり。また

東風《こち》　菫《すみれ》　蝶《ちょう》　虻《あぶ》　蜂　孑孑《ぼうふり》　蝸牛《かたつむり》　水馬《みずすまし》　豉虫《まいまい》　蜘子《くも》　蚤《のみ》　蚊《か》　撫子《なでしこ》　扇　燈籠《とうろう》　草花　火鉢　炬燵《こたつ》　足袋《たび》　冬の蠅《はえ》　埋火《うずみび》

等はその繊細なる者なり。壮大を壮大とし繊細を繊細とするは普通なれども、時としては壮大なる題目を把《とっ》て比較的繊細に作するの技倆《ぎりょう》もなかるべからず。例へば五月雨を咏《えい》ずるに

雲濡れて温泉《ゆ》を吐く川や皐月雨《さつきあめ》　春来
山《やま》陰《かげ》に湖《みずうみ》暗し五月《さつき》雨《あめ》　吟江

と大きく深くのみものせず、かへつて

五月雨《さみだれ》に蛙《かわず》のおよぐ戸口かな　杉風《さんぷう》
三味線や寐衣《ねまき》にくるむ五月雨《さつきあめ》　其角

などとやや繊細にものするが如し。またこれと同じく繊細なる題目も時としては比較的壮大に作するの技倆なかるべからず。例へば胡蝶《こちょう》の題にて

寐る胡蝶羽に墨つけん縁の先　坡仄《はそく》
飛びかふて初手《しょて》の蝶々紛《まぎ》れけり　嘯山《しょうざん》

とやさしく美しく趣向をつけるも固《もと》より善けれど、そはありうちの事なり。これを少し考へかへて

ある程の蝶の数見るつむじかな　一排

真直《まっすぐ》に矢走《やばせ》を渡る胡蝶かな　木導《もくどう》

など、一は強く一は大きくものしたるも珍《めず》らかに面白かるべし。

一、雅樸を好む者婉麗《えんれい》を嫌ひ、婉麗を好む者雅樸を嫌ふの癖《へき》あり。これを今日の実際に見るに、昔めきたる老人は雅樸の一方に偏し、婉麗なる者を俗猥《ぞくわい》の極としてこれを斥く。また今様《いまよう》の美術文学家は往々婉麗の一方に偏し、雅樸なる者を取て卑野として不美術的としてこれを斥く。共に偏頗《へんぱ》の論なり。

一、雅樸の中にも雅俗あり、婉麗の中にも雅俗あり。雅樸に偏する者は百姓と言ひ鍬《くわ》と言へば即ち以て直ちに是《ぜ》とし、復《ま》た他を顧みず。これ他の卑野と目する所以《ゆえん》なり。婉麗に偏する者は少女《おとめ》と言ひ金屏《きんびょう》と言へば則ち以て直ちに是《ぜ》とし、復《ま》た他を顧みず。これ他の俗猥と目する所以なり。

一、日に焦《こ》げたる老翁《ろうおう》鍬を肩にし一枝《いっし》の桃花を折りて田畝《でんぽ》より帰り、老婆浣衣《かんい》し終りて柴門《さいもん》の辺《あたり》に佇《たたず》み暗《あん》にこれを迎ふれば、飢雀《きじゃく》その間を窺《うかが》ひ井戸端の乾飯《ほしいい》を啄《ついば》む、これ雅樸にして美術的なる趣向ならん。十数畳の大広間、片側に金屏風を繞《めぐ》らし十四、五の少女一枝の牡丹を伐《き》り来りてこれを花瓶《かびん》に挿《さしはさ》まんとすれば頻《しき》りにその名を呼ぶ者あり、少女驚いて耳を欹《そばだ》つれば、をかしや檐頭《えんとう》の鸚鵡《おうむ》永日に倦《う》んでこの戯《たわむれ》を為すなり。これ婉麗にして美術的なる趣向ならん。雅樸と婉麗と共にこれを美術的にせんと欲せば、物の雅樸と物の婉麗とを撰択するの必要あるのみならず、これを美術的に配合するの必要あるなり。しかれども配合の美術的なると否とは理論の上にて説明するは難《かた》し。実際の上に評論するを善しとす。

一、幽邃深静《ゆうすいしんせい》を好んで繁華《はんか》熱鬧《ねっとう》を厭《いと》ふは普通詩人たるものの感情なり。前者の雅にして後者の俗なるは言ふまでもなけれど、さりとて繁華熱鬧必ずしも文学的の分子を含まざるに非ず。いはんや如何《いか》なる俗事物もこれを冷眼に視《み》る時は、そのこれを冷眼に視る処において多少の雅趣を生ずるをや。(27)「白眼看他世上人《はくがんたをみるせじょうのひと》」と言へば「世上人」は極めて俗なる者なれども「白眼看」の三字を添へて無上の雅致を生ずるが如し。(前項雅樸婉麗の条をも参照すべし)

一、理屈は理屈にして文学に非ず。されども理屈の上に文学の皮を被《き》せて十七字の理屈をものするもまた文学の応用なれば時にこれを試むるも善し。ただ理屈のために文学を没却せらるること莫《なか》れ。理屈に合せんとすれば文学に遠く、文学に適せんとすれば理屈を離るること、素《も》と両者全くその性を異にするより来る者故是非《ぜひ》もなき事なり。両者を合してやや調和したる者をものするは、非常の辛苦を要しながら存外に喝采《かっさい》を博すること能《あた》はざればその覚悟なかるべからず。けだし普通文学者は辛苦の処を察せず、単にその理屈的なるの点においてこれを擯斥《ひんせき》す。また俗人はそれよりもなほ卑俗に暴露的にものせざれば承知せざるべし。

一、理屈といふには非《あらざ》るも送別、留別、題画、慶弔《けいちょう》、翻訳などもややこれに類せり。例へば

生きて世に人の年忌や初茄子《はつなすび》　几董

と言へる句の如き、陳腐に似て陳腐ならず、卑俗にして卑俗ならず、奇を求めず巧を弄《ろう》せざる間に無限の妙味を持たせながら常人は何とも感ぜざるべし。否《いな》、何とも感ぜぬのみならず、これにては承知せざるべし。年忌の法会《ほうえ》などならばその

人を思ひ出すとか、今に幻《まぼろし》に見ゆるとか、年月の立つのは早いものとか、彼人《あのひと》が死《しん》でから外《ほか》に友がないとか、涙ながら霊を祭るとかいふ陳腐なる考《かんがえ》を有《あ》り難《がた》がるも常人ならば詮方《せんかた》なきも、文学者たらん者は今少し考へあるべし。この几《き》董《とう》の句にても「生きて世に」と屈折したる詞《ことば》の働きより「人の年忌や」とよそよそしくものしたる最後に「初茄子」と何心なく置きたるが如くにて、その実心中無限の感情を隠し、言語の上に意匠惨憺《さんたん》たる処は慥《たし》かに見ゆるなり。要するにこの種の句は作るにも熟練を要し、見るにも熟練を要するなり。

一、初心の人は固《もと》より何事をも知らざれども、少し俳句に入りたる人は理屈的の句、または前書附《まえがきつき》の句はむつかしきを悟るべし。しかして後、やや熟練を経《へ》、辛《かろ》うじてこの種の句をものするに至れば、独り心に嬉《うれ》しく、ただその言ひおほせたるを喜んでかへつてその句の雅俗優劣を判ずる能《あた》はざることあり。常に自《みずか》ら省《かえりみ》るを要す。

一、天保以後の句は概《おおむ》ね卑俗陳腐にして見るに堪へず。称して月並調《つきなみ》といふ。しかれどもこの種の句も多少はこれを見るを要す。例へば俳諧の堂に入りたる人往々にして月並調の句を賞し、あるいは自らものすることあり。けだしこの人月並調を見る事多からざるを以て、その中の一体やや正調に近き者を取てかく評するなり。焉《いずく》んぞ知らんこの種の句は月並家者流において陳腐を極めたるものなるを。恥を掻《か》かざらんと欲する者は月並調も少しは見るべし。

一、学生、時にあるいは月並調を模し自ら新奇と称す。これ彼れ自身には新奇なるものならん。しかれどもその文学社会に陳腐なること久し。無学笑ふに堪へたり。

一、俳句に貞徳《ていとく》風あり、檀林《だんりん》風あり、芭蕉《ばしょう》風あり、其角《きかく》風あり、美濃《みの》風あり、伊丹《いたみ》風あり、蕪村《ぶそん》風あり、暁台《きょうたい》風あり、一茶《いっさ》風あり、乙二《おつに》風あり、蒼虬《そうきゅう》風あり。しかれどもこれ歴史上の結果なり。甲派を信ずる者乙派を排し、丙流を学ぶ者丁流を誹《そし》らざるべからざるの理《ことわり》なし。その何風と何派たるとにかかはらず、美なる者はこれを取れ、美ならざる者はこれを捨てよ。

一、世上蕉風を信ずる者多し、我れことさらに奇を好んで檀林を奉ぜんと。これいはゆる負惜《まけおし》みの痩《やせ》我慢なり。しかして痩我慢より割り出したる俳句は毫《ごう》も文学に非《あらざ》るなり。我《わ》れ其角派の系統を継《つ》げり、故に其角派の俳句をものせんと。此《かく》の如く系統より割り出したる俳句は文学に非るなり。

一、梅に鶯《うぐいす》、柳に風、時鳥《ほととぎす》に月、名月に雲、名所には富士、嵐山《あらしやま》、吉野山、これらの趣向の陳腐なるは何人《なんぴと》もこれを知る。しかれども春雨《はるさめ》に傘《かさ》、暮春に女、卯花《うのはな》に尼、五月雨《さみだれ》に馬、紅葉《もみじ》に瀧、暮秋に牛、雪に燈火《ともしび》、凩《こがらし》に鴉《からす》、名所には京、嵯峨《さが》、御室《おむろ》、大原、比叡《ひえい》、三井寺《みいでら》、瀬田、須磨、奈良、宇津、これらの趣向の陳腐なるは深く俳句に入る者に非れば知る能《あた》はず。

一、趣向はなるべく斬新なるを要すれども、時にはこれらの陳套《ちんとう》を翻案して腐《ふ》を新となし死を活となすの技倆《ぎりょう》あるを要す。

一、日本画ばかり見たらん人の俄《にわ》かに西洋画の一、二枚を見たらんには、余りその懸隔《けんかく》せるに驚きて暫《しばら》くは巧拙を判定する能はざるべし。西洋画ばかり見たらん人の日本画を見たるもまた同じ。それと同じく俳句にても全く斬新なる趣向に至りては、見る者その巧拙を定むる能はず。あるいはこれを以て美の極とし、あるいはこれを以て拙の極と為すに至る。しかして幾多《いくた》の日月を経て反覆この句を吟誦し、かつこれを模倣する者も多くなりて後静《しずか》に初《はじめ》の句を味へば、先に美の極と公言したる人もその褒め過ぎたるを悔《く》い、先に拙の極と公言したる人もその考《かんがえ》の浅《せん》薄《ぱく》なりしを恥づるなるべし。故に斬新なる句を見る人は熟吟熟考して後に褒貶《ほうへん》すべし。これ大家《たいか》の上にも免れざる一弊なりとす。

一、趣向の上に動く動かぬと言ふ事あり、即ち配合する事物の調和適応すると否とを言ふなり。例へば上《かみ》十二文字または下《しも》十二文字を得ていまだ外《ほか》の五文字を得ざる時、色々に置きかへ見るべし。その置きかへるは即ち動くがためなり。

(28)

○○○○○雪積む上の夜の雨　凡兆

といふ下十二文字を得て後、上の句をさまざまに置きかへんには「町中や」「凍てつくや」「薄月《うすづき》や」「淋しさや」「音淋し」「藁屋根《わらやね》や」「静かさや」「苫舟《とまぶね》や」「帰るさや」「枯蘆《かれあし》や」など如何やうにもあるべきを、芭蕉は終《つい》に「下京や」の五文字動かすべからずといひしとぞ。一字一句の推敲《すいこう》もゆるがせにすべからざることなり。(29)

一、何といふ語句を置くべきかといふ場合に推敲するは普通の事なり。しかれども何かは知らず已に十七字を成したる後、その句につきて一々動く動かぬを検するは学生諸子の多く為さざる所なり。自ら名句を得たりとて得意人に示す時、その人この語は如何《いかん》と質問すれば、なるほどそれは不穏なりき、何々の語の方《かた》善かりしものを抔《など》気のつく事多かるべし。生前にこれを発見すれば一時の恥ばかりにて済む事なれども、死んで後は人の非難を如何ともする能《あた》はざるべし。

一、四季の題目につきて動き易き者を挙ぐれば

春風ト秋風　暮春ト晩秋　五月雨ト時雨　桜ト紅葉　夕立ト時雨　夏野ト枯野　夏木立ト冬木立

等数ふるに堪へざるべし。ちよつとこの題目ばかり見れば余り懸隔《けんかく》しをる故、そを置き違へるとは受取れぬ様なれど、実際俳句をものする上に上手下手《じょうずへた》を問はず絶えずある事なり。ただ熟練しをる者は常にこれを省み、初学血気の士は全く不注意に経過するの差のみ。

一、俳句を学んで堂に入る者は意匠と言語と並び達せんことこそ最も願はしけれ。誰でも先づ両者相伴ふて進歩する者なれど、それはある一部分の事にて全体の上

にあらず。例へば雅樸なる句をものするには甚だ句調の和合《わごう》に長じながら、婉麗《えんれい》なる句をものするには句調全く和合せざる事あり。能《よ》く能く注意研究を要す。

一、言語の上にたるむたるまぬといふ事あり。たるまぬとは語々緊密にして一字も動かすべからざるをいふ。たるむとは一句の聞え自《おのずか》ら緩《ゆる》みてしまらぬ心地するをいふ。譬《たと》へば琴の糸のしまりをるとしまりをらぬとは素人《しろうと》が聞きても自ら差違あるが如し。一句たるみあるやうに感ずる時は一々これを吟味すべし。必ずこの語は不用なりとか、この語は最少《もすこ》し短くしても事足りぬべきにとか、此語と彼語と位置を顚倒《てんとう》すればてにはの接続に無理を生ぜぬとか、何とかいふやうな事あるべし。趣向は老練の上にも拙なるあり、素人の上にも上手なるあり。ただ句調のたるまぬ処は必ず老練の上の沙汰《さた》なり。古人の名句抔《など》に気をとめて見るべし。

一、句調のたるむこと一概には言ひ尽されねど、普通に分りたる例を挙ぐれば虚字《きょじ》の多きものはたるみやすく、名詞の多き者はしまり易し。虚字とは第一に「てには」なり。第二に「副詞」なり。第三に「動詞」なり。故にたるみを少くせんと思はばなるべく「てには」を減ずるを要す。試みに天保以後の俳句を検せよ。不必要なる処に「てには」を用ゐて一句を為《な》す故に句調たるみて聞くべからず。またこれに次ぎて副詞はたるみを生じ、動詞もまたたるみ易し。但し副詞、動詞などはその使ひやうによるべし。今たるみたる句の例を挙げんに

ものたらぬ月や枯野を照るばかり　蒼《そう》虬《きゅう》

といふ句の中に必要なるものは月と枯野との二語あるのみ。「月や枯野を照るばかり」といへば「ものたらぬ」の意は自《おのずか》らその中に含まれ、「ものたらぬ月の枯野」といへば「照るばかり」の意は自らその中に含まれたり。否、両方ともに実は無用の語のみ。この句の意は単に「月の枯野」とか、または「枯野の月」とかいふばかりにて十分なりとす。同じ事を幾やうにもくり返さねばその意の現はれぬ如き心地するは、初学者及び局外者の浅薄なる考より来るなり。今この句の外に枯野の月を詠ずる者を挙げんに

月も今土より出づる枯野かな　雨《う》什《じゅう》

松明《たいまつ》は月の所に枯野かな　　大甲《たいこう》

昼中に月吹き出して枯野かな　　金鳧《きんう》

三句おのおの巧拙ありといへども、蒼虬《そうきゅう》の句に比すれば皆数等の上にあり。けだしこれらは「ものたらぬ」とも「照るばかり」ともいはでその意を言外に含むのみならず、かへってそれより外の趣向を取り交ぜて一句を面白くしたるなり。ただ枯野の月とばかりにては単純に過ぎて俳句になりがたきがためなり。しかし単純に枯野の月を詠じたる句もなきにはあらず。

三日月の本情見する枯野かな　　甘棠《かんとう》

といへるが如きこれなり。この句固《もと》より幼稚《ようち》なりといへども、しかも三日月を捻《ねん》出《しゅつ》しかつ一気呵成《かせい》にものしたる処、遥《はる》かに蒼虬の上にあり。しかして記臆せよ、雨什以下三人は皆天明以前の人にして、甘棠は元禄の人なることを。ここに至り彼《かの》蒼虬が天保流の元祖にして当時の名家なるを思はば、誰かその面《おもて》に唾するを欲せざらんや。しかも蒼虬の句中たまたまこの悪句あるに非ず、彼(30)が全集は尽《ことごと》くこの種の塵芥《じんかい》を以て埋めらるる者なり。しかしてこの派を称して芭蕉の正風《しょうふう》なりといふに至りては真に芭蕉の罪人《つみびと》なり。

一、たるみにも程度あり。もし前の如き議論を極論すれば名詞ばかり並べたる句が一番の名句となるわけなり。しかしたるみも或《ある》程度まではたるみたるも善し。ただその程度は一々実際に就いていふより外はあらじ。またたるみ様にも全体たるみたると一部分たるみたるとあり。全体たるみたるは最美《さいび》かもしくは最不美なり。大方はしまりたるが如くにて一部分たるみたるは必ず悪し。

一、句調の尤もしまりたるは安永、天明の頃なりとす。故に同時代の句は概《おおむ》ね善し。元禄の句はこれに比すればややたるみたり。しかれどもたるみ様《よう》全体にたるみてしかもその程らひ善ければ、元禄の佳句に至りては天明の及ぶ所にあらず。つまり元禄の佳句には蘊蓄《うんちく》多く、天明には少し。天保以後は総たるみにて一句の採るべきなし。和歌は『万葉』はたるみてもたるみ方《かた》善し。『古今集』はたるみて悪し。『新古今』はややしまりたり。足利《あしかが》時代は総たるみにて俳句の天保時代と相似たり。漢詩にては漢魏《かんぎ》六朝《りくちょう》は万葉時代と同じくたるみても善し。唐時代はたるみも少くまたたるみても悪しからず。俳句の元禄時代に似たり、宋時代は総たるみといふて可ならんか。明清《みんしん》に至り大《おおい》にしまりたる傾きあり。俳句の安永、天明に似たり。(しかれども人によりてたるみたるも少からず)

一、試みに句のたるみし有様を比較せんがために、元禄と天明と天保との三句を列挙すべし。

立ち並ぶ木も古びたり梅の花　舎羅《しゃら》
二《ふた》もとの梅に遅速を愛すかな　蕪村
すくなきは庵《いお》の常なり梅の花　蒼虬

句の巧拙は姑《しばら》く論ぜず、その句調の上についていはんに、元禄(舎羅)の句はありのままのけしきを飾らずたくまず裸にて押し出したる気味あり。天明(蕪村)の句はとかくにゆるみがちなるものを少しもゆるめじとて締めつけ締めつけて一分も動かさじと締めつけたらんが如し。天保(蒼虬)の句はゆるみがちなるものをなほゆるめたらん心持あり。要するに元禄は自然なる処において取るべく、天明は工夫を費す処において取るべし。独り天保に至りては元禄を摹《まね》したるつもりにて元禄にも何にもならぬ者、即ち工夫を凝《こら》さぬふりしてその実工夫を凝らしたる者、何の取所《とりどころ》もなきことなり。少くともこの三体における句法の変化を精細に知らざれば俳句の堂に上りたりといふを得ず。世上往々天保流の句を評して蕪村調などと評する者あり。笑ふに堪へたり。

一、元禄と天明とは各長所あり、いづれに従ふも善し。また元禄にして天明に似、天明にして元禄に似たる者も多し。これ天工人工その極処に至りて相一致する所以《ゆえん》なり。

一、(31)佐藤一斎《さとういっさい》にかありけん、聖人は赤合羽《あかがっぱ》の如し、胸に一つのしまりだにあれば全体はただふわふわとしながら終《つい》に体を離れずと申せしとか。元禄調のしまり具合は先づこんなものなるべし。天明調はどこまでも引しめて五分《ぶ》もすかぬやうに折目正しく着物《きもの》着たらんが如く、天保調はのろまが袴《はかま》を横に穿《うが》ちて祭礼の銭《ぜに》集めに廻るが如し。また建築に譬《たと》はば元禄は丸木の柱萱《かや》の屋根に庭木は有り合せの松にても杉にてもそのままにしたらんが如く、天明は柱を四角に鑽《き》り床違《とこちが》へ棚《だな》を附け、欄間《らんま》の飾りより天井板まで美を尽してしかも俗ならぬやうに、家は楔《くさび》を打ちて動かぬやうに建てたらんが如く、天保は床脇《とこわき》の柱だけ丸木を用ゐ、無理に丸窓一つを穿《うが》ち手水鉢《ちょうずばち》の腕木《うでぎ》も自然木を用ゐ、門楣《もんび》の扁額《へんがく》は必ず腐木《ふぼく》を用ゐ、しかして家の内は小細工したる机 硯《すずり》ど土瓶茶碗《びんちゃわん》抔《など》の俗野なる者を用ゐたらんが如し。またこれを談話にたとはば元禄の人は面白くてもつまらなくても真実をありのままに話し、天明の人は上手に面白く嘘《うそ》をつき、天保の人はありうちのつまらぬ話を真実らしく話してその実はそれも嘘なりけんが如し。

一、四季の感情は少しく天然に目を注ぐ人のほぼ同様に感じをる所なり。しかれども俳句詩歌等に深き人は四季の風情《ふぜい》も自然に精密に発達しをるは論を俟《ま》たず。面白くも感ぜざる山川草木《さんせんそうもく》を材料として幾千俳句をものしたりとて俳句になり得べくもあらず。山川草木の美を感じてしかして後始めて山川草木を詠ずべし。美を感ずること深ければ句もまた随《したが》つて美なるべし。山川草木を識ること深ければ時間における山川草木の変化、即ち四時の感を起すこと深かるべし。初学の人山川草木を目のさきにちよつと浮べたるのみにて已《すで》に句を為す故に、その句は平凡に非《あら》ざれば疎豪《そごう》なり。さるからに天然を研究して深き者が深思熟慮したる句を示すとも、初学の人は一向にその句の美を感ぜざるべし。けだし彼は天然の上にかかる美の分子あることを知らざればなり。

一、世人曰く、俳人京に行かんには春を可とす、奈良に行かんには秋を可とす、しかして後始めて名句を得べしと。その言真《しん》に然《しか》り。しかれども秋時京に行きたりとも、春時奈良に行きたりとも、全くその趣味欠くに非ず。否、京も秋ならざるべからざる所あり、奈良も春ならざるべからざる所あり。その他夏または冬ならざるべからざる所あり。しかして夏冬二時の感は世人全くこれを知らざるなり。例へば奈良一箇処《かしょ》につきていはんに、春日社《かすが》廻廊の灯籠、若草山、南大門、興福寺、衣掛柳《きぬかけやなぎ》、二月堂等は最も春に適し、三笠山のつづき、または春日社内より手《た》向山《むけやま》近辺の木立《こだち》、または木立の間に神社の見ゆる処等、総て奥深く茂りたる処は最も夏に適し、古都の感、古仏の感、七大寺の零落したる処、町の淋《さび》しき処、鹿の声等最も秋に適し、秋に適する処は皆冬にも適し、しかも冬は秋に比してなほ

油のぬけたる処あり。古人の奈良四季の句を挙ぐれば

奈良阪や畑《はた》打つ山の八重桜　旦藁《たんこう》

蚊《か》蝱《や》を出て奈良を立ち行く若葉かな　蕪村

菊の香や奈良には古き仏だち　芭蕉

奈良七《なな》夜《よ》ふるや時《し》雨《ぐれ》の七大寺　樗《ちょ》堂《どう》

の如し。これを概言すれば春は美しく面白く、夏は大きく清らかに、秋は古びてもの淋しく、冬はさびてからびたる感あり。

一、俳句四季の題目の中に人事に属し、しかも普《あまね》く世人に知られざるものには季の感甚《はなは》だ薄きを常とす。例へば筑摩《つくま》の鍋祭《なべまつり》の如き、夏季に属すといへどもこれを詠ずる人、またその句を読む人多くは夏の感を有せず。いはんやその四月なるか五月なるかの差違に至りては殆んどこれを知らず。故にこの題を咏ずる者は甚だ苦吟し、はた古来これを詠じたる句も無味淡泊を免れず。これ時候の聯想なきがためなり。

君が代や筑《つく》摩《ま》祭《まつり》も鍋一つ　越《えつ》人《じん》

は筑摩祭の唯一の句として伝へられたる者、一誦《いっしょう》するの価値ありといへども、その趣味は毫も時候の感と関係せず。むしろ雑《ぞう》の句を読むの感あり。しかれどもこれ吾人が筑摩祭を知らざるの罪のみ。吾人をしてもしこの祭を見聞するに慣れしめば何ぞ季の感を起さざらん。季の感已《すで》に起らば何ぞ名句を得るに苦《くるし》まんや。その他大師《だいし》講《こう》の如き、吾人はその冬季たるの感尤《もっとも》薄しといへども、身《み》天台《てんだい》の寺にありて親しくこれを見し者は必ずや冬季における幾多《いくた》の連想《れんそう》を起すべきなり。これを要するに我《わが》見聞すること少き人事を詠ずるは、雑《ぞう》の句を詠ずると同様の感ありて無味を免れざるなり。

一、蛙《かわず》といへる題目は和歌以来春季に属すといへども、吾人はとかくに春季の感を起さず。かへつて夏季の感を起す傾きあり。春季と定むることこれ恐らくは吾人普通の感情に逆らひしものにあらざるを得んや。殊《こと》に

古池や蛙飛びこむ水の音　芭蕉

の句に至りては殆んど春季の感なし。さりとて夏季の感をも起さず。この句はただこれ雑の句と同一の感あるのみ。

一、第一期は何人《なんぴと》にても修し得べく、第二期はやや専門に属す。是《ここ》を以て天才ある者は殆んど第一期を通過せずして初めより第二期に入ることあり。しかれども第二期は幾多の修業学問を要するを以て、最早《もはや》天才ある者もなき者も遅々として順序を追ひ階級を踏《ふ》まざるべからず。この点に至りては天才ある者かへつてなき者に劣ることあり。けだし天才は常に誇揚(耀)自負のために漸次抹殺《まっさつ》せらるる者なればなり。

一、古俳書を読むには歴史的、個人的の研究を要す。甲派亡びて乙派興り、丙流衰へて丁流隆《さかん》なるの順序と、その各派の相違と変遷の原因とは歴史的研究の主なる者なり。各俳人の特色とその創開せし流派と摸古《もこ》せし程度と師弟の関係とは個人的研究の主なる者なり。同時代に数派の流行せし事を知らずして、無理に各派一系の伝統を立てんとする者は歴史研究家の弊なり。同時に同様の流行ありしこと、即ち時代一般の特色ありしことを知らずして、その特色を一俳人の専有に帰せんとする者は個人研究家の弊なり。あるいは俳諧を研究する者和歌、漢詩、西詩を知らず、たまたま某歌詩人の家集を読んで曰く、この人某俳人に似たりと。しかして彼は和歌、漢詩、西詩の特色を以てこの一人に帰せしが如きことなきにあらず。文学者は学問なかるべからざるなり。

一、俳句をものするには空想に倚《よ》ると写実に倚るとの二種あり。初学の人概《おおむ》ね空想に倚るを常とす。空想尽《つ》くる時は写実に倚らざるべからず。写実には人事と天然とあり、偶然と故為《こい》とあり。人事の写実は難《かた》く天然の写実は易《やす》し。偶然の写実は材料少く、故為の写実は材料多し。故に写実の目的を以て天然の風光を探ること尤も俳句に適せり。数十日の行脚《あんぎゃ》を為《な》し得べくんば太《はなは》だ可なり。公務あるものは土曜日曜をかけて田舎廻りを為すも可なり。半日の閒《かん》を偸《ぬす》みて郊外に散歩するも可なり。已《や》むなくんば晩餐《ばんさん》後の運動に上野、墨堤《ぼくてい》を逍遥《しょうよう》するも豈《あに》二、三の佳句を得るに難からんや。花晨《かしん》可なり、月夕《げっせき》可なり、午烟《ごえん》可なり、夜雨《やう》可なり、いづれの時か俳句ならざらん。山寺可なり、漁村可なり、広野可なり、谿流《けいりゅう》可なり、いづれの処か俳句ならざらん。

一、写実の目的を以て旅行するとも汽車ならば何の役にも立つまじ。ただ心を静め気の散らぬやうに歩む方尤も宜《よろ》し。靴《くつ》下駄《げた》よりも草鞋《わらじ》の方可なり。洋服蝙蝠傘《こうもりがさ》よりも菅笠《すげがさ》脚袢《きゃはん》の方宜し。連《つれ》なき一人旅殊《こと》に善し。されど行手《ゆくて》を急ぎ路程を貪《むさぼ》り体力の尽くるまで歩むはかへつて俳句を得難《えがた》し。たまたま知らぬ地に踏《ふ》み迷ひ足を引きずりてやうやうに夜山を越え山下に宿を乞ひたるなどはこの限《かぎり》にあらず。

一、普通に旅行する時は名勝《めいしょう》旧跡を探るを常とす。名勝旧跡必ずしも美術的の風光ならずといへども、しかも歴史的の聯想あるがために俳句をものするには最も宜し。しかし名勝旧跡の外《ほか》にして普通尋常の景色に無数の美を含みをる事を忘るべからず。名勝旧跡はその数少く、人多くこれを識るが故に陳腐なり易し。普通尋常の場処は無数にして変化も多くかつ陳腐ならず、故に名勝旧跡を目的地として途々《みちみち》天然の美を探るべし。鳥声草花我を迎ふるが如く、雲影月色我を慰むるが如く感ずべし。

一、芭蕉は自白して我に富士、吉野の句なしといふ、真なり。しかして彼はまた松(32)島においても一句を得ざりしなり。世の文人墨客《ぶんじんぼっかく》多くこれらの地に到り佳句を得ざるを嘆ずる者比々《ひひ》これなり。これけだし美術文学を解せざるの致す所か。富士山の形は一般の場合において美術的ならず。ただその日本第一の高山たると、種々の詩歌《しいか》伝説とはこれをして能《よ》く神聖ならしめたるも、その神聖なる点は種々に言ひ尽して今は已に陳腐に属したり。吉野、松島の如きはその占有する所の空間広くして一見なほ幾多《いくた》の時間を費《ついや》す者、これ天然の美ありとするも美術的ならざるなり。（即ち美術に為し得《う》べからざるなり）たとひ美術的なるも俳句には適せざるなり。ただこの光景を破砕《はさい》して幾多の俳句と為さば為し得べきも、一部の光景はその地全体の特色を帯びざるが故に、世人は承知せざるなり。しかして芭蕉の如きもなほ不可能的の景色を取て俳句となさんと務《つと》むるに似たり。豈《あに》無理なる注文ならずや。いはんや松島の如きは甚《はなは》だ天然の美において欠くる所多きをや。世人は奇を以て美となす故に、松島の奇景を以て日本第一の美となす。誤れるの甚しきなり。古来松島の名詩歌なくまたその名画なき固《もと》よりその処なり。もし松島の詩歌俳句等にして秀俊なる者あらば、そは必ず松島の真景に非ざるなり。

（吉野は我これを知らず、故に茲《ここ》に論ぜず）

一、今試みに山林郊野を散歩してその材料を得んか。先づ木立深き処に枯木常磐木《ときわぎ》を吹き鳴す木枯《こがらし》の風、とろとろ阪の曲り曲りに吹き溜《た》められし落葉のまたはらはらと動きたる、岡の辺《べ》の田圃《たんぼ》に続く処、斜《なな》めに冬木立の連《つら》なりてその上に鳥居ばかりの少しく見えたる、冬田の水はかれがれに錆《さ》びて刈株《かりかぶ》に穭穂《ひつじぼ》を見せたる、田の中の小道を行けば冬の溝川水少く草は大方に枯れ尽したる中に蓼《たで》ばかりの赤《あこ》う残りたる、とある処に古池の蓮《はちす》枯れて雁鴨《がんかも》の蘆間《あしま》がくれに噪《さわ》ぎたる、空は小春日和《びより》の晴れて高く鳶《とび》の舞ひ静まりし彼方《かなた》には五重の塔聳《そび》えてその傍《かたわら》に富士の白く小さく見えたる、やがて日暮るるほどにはらはらと時雨のふり来る音に怪《あや》みて木《こ》の間《ま》を見ればただ物凄《ものすご》く出でたる十日ごろの片われ月、覚えず身振ひして誰も美はここなりと合点《がてん》すべし。寒さもまさり来るに急ぎ家に帰れば崩《くず》れかかりたる火桶もなつかしく、風呂《ふろ》吹《ふき》に納豆汁《なっとうじる》の御馳走《ごちそう》は時に取りての醍醐味《だいごみ》、風流はいづくにもあるべし。

一、空想より得たる句は最美《さいび》ならざれば最拙《さいせつ》なり。しかして最美なるは極めて稀《まれ》なり。作りし時こそ自ら最美と思へ、半年一年も過ぎて見たらんには嘔吐《おうと》を催すべきほどいやみなる句ぞ多き。実景を写しても最美なるはなほ得難けれど、第二流位《ぐらい》の句は尤も得易し。かつ写実的のものは何年経て後も多少の味を存ずる者多し。

一、はじめのほどは空想ならでは作り得ぬを常とす。やがて実景を写さんとするにつかまへ処なき心地して何事も句にならず。度々《たびたび》経験の上写実も少し出来得るに至れば、写実ほど面白く作り易きはなかるべし。空想の陳腐を悟り写実の斬新《ざんしん》を悟るまたこの時にあり。油画師牛伴《ぎゅうはん》と語る事あり。牛伴曰く、画においても空想を以て競争せんには老熟の者必ず勝ち少年の者必ず負く。しかれども写生を以てせんか、少年の者の画く所の者、また老熟者を驚かすに足ると。真なるかな。

一、空想によりて俳句を得んとするには、兀坐《ごつざ》瞑目《めいもく》して天上の理想界を画《えが》き出すも可なり。机頭《きとう》手炉《しゅろ》を擁《よう》して過去の実験を想ひ起すも可なり。古俳書を繙《ひもと》きて他人の句中より新思想を得来《えきた》るまた可なり。数人相会して運座、競吟《せりぎん》、探題などするも可なり。

一、課題を得て空想上より俳句を得んとする時に、その課題もし難題なれば作者は苦吟の余《あまり》見るに堪へざる拙句を為すこと、老練の人といへども往々免れざる所なり。『俳諧問答』(33)なる書に許六の自得発明弁《じとくはつめいのべん》といふ文あり。その初《はじめ》に題詠の心得を記したり。曰く

　一、師の云、発句《ほく》案ずる事諸門弟題号の中より案じいだす、是なきものなり。余所《よそ》より尋来《たずねきた》ればさてさて沢山成事《なること》なりと云《いえ》り。予が云、我『あら野』『猿蓑《さるみの》』にてこの事を見出したり。予が案じ様たとへば題を箱に入てその箱の上にあがりて箱をふまへ立ちあがつて乾坤を尋るといへり。云々《うんぬん》

と、けだしこれ題詠の秘訣《ひけつ》なり。

一、作者もし空想に偏すれば陳腐に堕《お》ちやすく自然を得難し。もし写実に偏すれば平凡に陥り易く奇闢《きへき》なりがたし。空想に偏する者は目前の山河郊野に無数の好題目あるを忘れて徒《いたず》らに暗中を摸索するの傾向あり。写実に偏する者は古代の事物、隔地の景色に無二の新意匠あるを忘れて目前の小天地に跼蹐《きょくせき》するの弊害あり。

一、空想にあらず、写実にあらず、なかば空想に属し、なかば写実に属する一種の

作法あり。即ち小説、演劇、謡曲等より俳句の題目を探り来り、あるいは絵画の意匠を取り、あるいは他国の文学を翻訳《ほんやく》する等これなり。この手段甚だ狡獪《こうかい》なるを以て往々力を費さずして佳句を得ることありといへども、老熟せざる者は拙劣の句をものして失敗を取ること多し。けだし絵画、小説の長所は時に俳句の短所に属し、支那文学、欧米文学の長所は必ずしも俳句の長所ならざればなり。

一、壮大を好む者総ての者に大の字を附して無理に壮大ならしめんとするは往々徒《と》為《い》に属す。その物已《すで》に小ならば大の字を附して大ならしむべし。大牡丹、大幟《おおのぼり》、大船、大家等の如し。しかれどもその物已に大ならば、これに大の字を附するは能くこれをして大ならしめざるのみならず、かへつてその物に区域あるが如き感を起さしめ、かへつて小ならしむることあり。大空、大海、大山、大川、広野《ひろの》等の如し。

一、滑稽《こっけい》もまた文学に属す。しかれども俳句の滑稽と川柳《せんりゅう》の滑稽とは自《おのずか》らその程度を異にす。川柳の滑稽は人をして抱腹《ほうふく》絶倒せしむるにあり。俳句の滑稽はその間に雅味《がみ》あるを要す。故に俳句にして川柳に近きは俳句の拙なる者、もしこれを川柳とし見れば更に拙なり。川柳にして俳句に近きは川柳の拙なる者、もしこれを俳句とし見れば更に拙なり。

一、狂体を好む者あり、狂体または文学に属す。しかれども意匠の狂と言語の狂と相伴《あいともな》ふを要す。意匠狂して言語狂せざる者あり、狂人の時として真面目《まじめ》なるが如し。意匠狂せずして言語狂する者あり、常人の時として狂せるまねするが如し。共に文学的ならず。

一、熟練の人にして俳句の二句目の終りにある「や」の字を嫌ふ人多し。例へば

雞《にわとり》の片足づゝや冬籠《ふゆごもり》　丈草

呼び出しに来てはうかすや猫の恋　去来

紙燭《しそく》して廊下過ぐるや五月雨　蕪村

家見えて春の朝寐や塩の山　嵐外《らんがい》

等の如し。そは一理なきにはあらず。初学の人この種の「や」を用うる時は全句にたるみを生ずる者多きが故なり。さりとてあながちにこれを嫌ふはいはれなき

事なり。上に挙ぐる所の句の如き各首趣味もあり、音調も具《そな》はりて「や」の字のためにたるみを生ぜざるなり。ひたすらにたるみを嫌ふより出づるの一弊なり。(34)鳴雪翁《めいせつ》曰く、二句めの「や」はとかくたるむものなれど、下《しも》の五文字名詞のみならずして動詞、形容詞などを交へたらんには多少の調和を得べし。例へば

鶯《うぐいす》のあちこちとするや小家がち　　蕪村

といふ句の如きも「がち」の語あるがために「や」の字さほどにたるまずと。この言真なり。

一、俳句に熟達する人すらなほ解しがたき古句あり。その句もし古事古語等にたよりたるものならんには、思ひよりの書籍を探るべし。しかれどもその語句は普通のものにして全首の意通じがたきは熟《よく》〻《よく》思案すべし。ただこの一句を解する能《あた》はざるの恥なるのみならず、己れいまだ俳句のある部分において至らざる所あるを証する者なり。ありもせぬ意味をこしらへて句に勿体《もったい》をつけるは古《いにしえ》の註釈家の弊なり。含有する意味をもよくは探らで難解の句を放擲《ほうてき》するは今の学生の弊なり。

一、第二期に入る人固《つこ》より普通の俳句を解するに苦まずといへども、用意の周到なる、針線《しんせん》の緻《ち》密《みつ》なるものに至りてはこれを解する能はず。大家苦心の句を把《とっ》て平凡と目《もく》するに至ることあり。今古句数首を引《ひい》て俳家の用意周到なる処を指摘し、併《あわ》せて多少の評論を費すべし。

一、　禅寺の松の落葉や神《かん》無《な》月《づき》　凡《ぼん》兆《ちょう》

この句を解する者曰《いわ》く、ただ神無月の寂寞《せきばく》たる有様を現はしたるのみ。しかも禅寺の松葉と見つけたる処神韻《しんいん》あり、云々と。果して解者《かいしゃ》の言ふが如く禅寺の松葉を以て十月頃の淋しさを現はさんとならば、神無月と言はずして霜月《しもつき》といはんに如《し》かず。けだし霜月は神無月に比して更に静かなればなり。解者また曰く、霜月も神無月も大体同じ事なり、ただ句調の都合にて神無月と為りたるのみと。これ凡兆を知らざる者なり。元禄の大家にして神無月は霜月に動くと知りながらなほ字数の都合にて神無月と置くが如き一時の間に合せを為《な》すべしとも覚えず。いはんや用意周到を以て勝《まさ》りたる凡兆においてをや。凡兆の俳句緊密にして一字も動かすべからざる『猿蓑』を見て知るべく、この点においてあくまで強情なることは『去来抄』[35]にも見えたり。さればこの句に神無月と置きたる者、豈《あに》一時の間に合せならんや。凡兆深くここに考ふる所ありしや必せり。けだし十月は多くの木の葉の落つる時なれば、俳諧において落葉を十月の季とし、松の落葉の如き常磐《ときわ》木《ぎ》の落葉は総て夏季に属す。しかれども松の落葉の如きは四時絶えざること論を俟《ま》たず。さればこの句意は神無月の頃は到る処に木の葉落ち重なりて下駄《げた》草履《ぞうり》にも音あるほどなるに、独《ひと》りこの禅寺は松の古葉の少しこぼれたるばかりなるぞ清らかに淋しく禅寺の本意《ほい》なるべきと口ずさみたる者ならん。更に言ひ換《か》へなば、いづくも落葉だらけになりていとむさくろしきに、この禅寺は松ばかり植ゑ列《つら》ねて他の木をも交ぜねば、この落葉の頃さへ普通の落葉はなくただ松葉ばかりこぼれて禅寺めきたりとなるべし。(この句恐らくは南禅寺《なんぜんじ》より思ひつきたらんか)是《ここ》においてか神無月の語は一歩も動かざるを見るべし。もし霜月としなば已《すで》に落葉の時候も過ぎたるからに、たとひ落葉せし処も吹き散らし掃《は》き除《の》けたるかも測《はか》るべからず。さありては松の木ばかりの禅寺といふ意を現はすに足らざるなり。

一、　鐘《しゅ》楼《ろう》へは懲《こ》りてはひらぬ燕《つばめ》かな　　也《や》有《ゆう》

也有は狂文を以て名高し。故にその作句数千、十中の八、九は狂体もしくはしやれ滑稽に属するものなり。しかれどもこの句の如く諧謔《かいぎゃく》のはなはだしきものは他に多く類を見ず。この句の精神は「懲」の一字にあり。しかして人の解する能《あた》はざる所またこの語にあり。故にこの句の意を探らんとならば、燕が何故に鐘楼に這入《はい》ることに懲りたるかを知るにあり。けだし燕は真一文字に飛ぶ者なれば、ある時何の気もなく鐘撞堂《かねつきどう》の中を目がけて飛びこみたれば思はずも釣鐘に頭を打ちつけて痛き目を見つるならん。さらば鐘楼に這入らばまたもや痛き目を見んかとて懲りて這入らぬなり。此《かく》の如き事は実際にあり得べしとも思はねど、燕の向ふ見ずに飛ぶ処より聯想し来りて也有はこの諧謔の句をものしたりとおぼし、世人あるいはこの解釈を以て牽強《けんきょう》に過ぎたりとし、この外に幾様《いくよう》の解釈を為《な》すものあるべし。しかれどもその解釈とここに挙げたる解釈とを比較して、いづれか最も善く懲の意に適するか、いづれか最も善く燕の特性を現はすかを見よ。しかして

後この解釈の牽強ならぬを知るべし。但《ただ》しこの句は諧謔に過ぎて品位最《もっとも》低し。決して佳句と称すべからず。世人またこの種の諧謔のやや川柳調に近きを疑ひ、俳人にして川柳調を為すの信ずべからざるを説く者あらん。しかれども也有の全集を見る者、誰か也有の諧謔に過ぎたるを知らざらん。例へば

折られぬを合点《がてん》で垂れる柳かな
鍬《くわ》と足三本洗ふ田打《たうち》かな
足柄《あしがら》の山に手を出す蕨《わらび》かな
ものの申《もう》の声に物着《き》る暑さかな
片耳に片側《かたがわ》町《まち》の虫の声
邪魔が来て門叩《たた》きけり薬喰《くすりぐい》

の如き巧拙は異なれどもその意匠の総て諧謔に傾き頓智《とんち》による処尽《ことごと》く相似たり。以て全豹《ぜんぴょう》を推《お》すべし。

一、飛び入りの力者怪《あや》しき角力《すもう》かな　蕪村

俳句に入る事深く自ら俳句を作りて幾多の秀句を為す人、なほかつこの句を捨てて平凡取るに足らずと為《な》し、毫《ごう》も顧みず。しかしてその解釈を問へば則ち浅薄にして殆《ほと》んど月並者流の句を解するが如く然《しか》り。蕪村をしてこれを聞かしめば果して如何《どう》とか言はん。この句固《もと》より『蕪村集』中の傑作に非ず、むしろ下位にある者なり。しかれども大家の技倆は往々悪句によりて評定せらるる事あり。この句恐らくは蕪村の技倆を知るに足らんか。けだしこの一句の精神は「怪」の一字にあり。人の誤解する所またこの一字にあるなり。国語に「あやし」といふ語幾様の意味に用うるや能《よ》く究《きわ》めずといへども、昔は見苦しき賤《しず》が家《や》をあやしげなる家など言ひたるは少からず。されどそは此処《ここ》に用うべきにあらず。普通にはあやしといふ語を漢字の怪の意に用う。怪とは奇怪、妖怪、怪力、神怪、鬼怪などとて総て人間わざならぬ事に用う。この一句の意味を探るに左の如し。ある処にて秋のはじめつかた毎夜村の若衆抔《など》打ち寄りて辻角力《つじずもう》を催すに、力自慢の誰彼《たれかれ》自ら集まりてかりそめながら大関関脇を気取りて威張《いば》りに威張りつつ面白き夜を篝火《かがりび》の側に更《ふか》しける。さるほどにある夜の事、今までは見なれぬ一人の男のつとこの角力場に来りて我も力競《くら》べんといふ。男盛りの若者ども血気にはやりて、これ位の男何ほどの事かあらんといきなりに取てかかれば無造作にぞ投げられける。次なる若者敵討《かたきう》たんと組みつけばこれも物の見事にぞ投げられける。その外幾人となく取てかかる者この有様なれば、終《つい》には大関　某《なにがし》自ら大勢の恥辱《ちじょく》を雪《そそ》がんとのさりのさりと歩み出づ。皆々この勝負こそはと片唾《かたず》を呑んで眺《なが》めをれば、二人は立ち上りエイと組みオオと引き左をさし右をはづし眸《ひとみ》を凝《こ》らして睨《にら》み合ひたるその途端に如何《いかが》したりけん、彼《かの》男のつと寄るよと見えしままにさすがの大関も難なく土俵の真中へ叩《たた》きつけられぬ。見物はあつけに取られたり。やがてさまざまの評判こそ口から口へささやかれけれ。さるにても彼《か》の飛入の男は誰ならん、この村には見馴《みな》れぬ顔の男なり。北村の人に聞けども北村の人も知らず。南村の人に聞けども南村の人も知らず。さりとて本場を踏《ふ》める関角力《せきずもう》といふ風采《ふうさい》にもあらねば、通り掛りの武者修行といふ打扮《みなり》にもあらざりけり。疑惑は疑惑に重《かさな》りぬ。私語《ささやき》はいよいよかしましくなりぬ。中に一人の年よりたる行司《ぎょうじ》のしはぶきして小声にていふやう、皆の衆静かにせよ、彼こそはかしこの山の頂《いただき》に住めるといふ天狗様にこそはあるらめ、今宵《こよい》の振舞を見るにただ人《びと》とは覚えず、思ふに我らの力わざに耽《ふけ》りていと誇りがほなるを片腹痛しとてかくは懲らしめ給ひたるものにぞあるらめといへば、皆々顔見合して襟元《えりもと》寒しと身振ひなどすめり。蕪村は実にこの一場の事実を取り来りて十七字の中には包含せしめたり。しかしてその骨子《こっし》は怪の一字に外ならず。角力は難題なり、人事なり。この錯雑せる俗人事を表面より直言せば固より俗に堕《お》ちん。裏面より如何《いか》なる文学的人事を探り得たりとも、千両幟《のぼり》は終《つい》に俳句の材料とは為《な》らざるなり。しかれども蕪村がこの俗境の中より多少の趣味を具するこの詩境を探り出だし、しかもそれを怪の一字に籠《こ》めたる彼の筆力に至りては、俳句三百年間誰一人その塁《るい》を摩《ま》する者かあるべき。世人またこの解釈を不当として種々に解釈を試むる者あるべし。しかれども恐らくはその解釈は怪の一字を解し得ざるべく、しからざれば一字一句金鉄《きんてつ》の如く緻密に、泰山《たいざん》の如く動かざる蕪村の筆力を知らざる者の囈語《ねごと》のみ。

一、言ひがたきを言ふは老練の上の事なれど、そは多く俗事物を詠じてなるべく雅ならしむる者のみ。その事物如何に雅致ある者なりとも、十七字に余りぬべきほどの多量の意匠を十七字の中につづめんことは殆《ほと》んど為し得べからざる者なれば、古来の俳人も皆これを試みざりしに似たり。しかれども一、二この種の句なくして可ならんや。池西言水《いけにしごんすい》は実にその作者なり。

一、ここに一の意匠あり、その意匠は極めて古き代の事を当時自身がその事に当りしことの如くに詠ずるなり。昔は老年になりてものの役に立たぬ人を無残にも山《さん》谷《こく》に捨てし地方もありきとぞ。信州の姨捨山《おばすてやま》はその遺跡となん聞えし。その頃の事にして時は冬の夜の寒く晴れわたり満天糠星《ぬかぼし》のこぼれんばかりに輝《かがや》ける中を、今より姨捨てに行かなんとて湯婆《たんぽ》を暖めよと命ずるなり。これだけの趣向がいかで十七字にはつづまるべきと誰しも思はんを、さても詠みたりや。

姨捨てん湯婆《たんぽ》に醑《かん》せ星月夜　　言水

情景写し出だして少しも窮する所を見ず。真にこれ破《は》天荒《てんこう》と謂《い》つべし。（但しこの句につきては我いまだ全く解せざる処あり。湯婆に酬せとは果して何のためにするにや。ただ寒き故に自ら手足を暖めんとにや、または他に意味あるにや。大方の教《おしえ》を俟《ま》つ）

一、これらの句は言水においても他に多くの例を見ず。

黒塚や局《つぼね》女《おんな》のわく火鉢　言水

の一句、僅《わず》かに前の湯婆の句と種類を同じうするのみ。この句の意は黒塚の鬼女が局女を捕へてその肉か子ごもりを截《き》り取り、これを火鉢の上にて炙《あぶ》りなどしをる処なるべし。前の句も冬季としたるために凄《すご》みを添へこの句もまた冬季なるを以て一《ひと》きは恐ろしき心地す。

一、

身の内の道を覚ゆる清水かな　麦《ばく》翅《し》

もとより品高き句にはあらぬを、能《よ》くもかかる事まで俳句にはしたるよと思はしむる処、作者のはたらきなり。句意は三伏《さんぷく》の暑き天気にかわきたる咽元《のどもと》を濡《うるお》さんと冷たき水を飲めば、その水が食道を通過する際も胸中ひややかに感ずる所を詠みたるなり。

人之性善

一、折つて後もらふ声あり垣の梅　沾《せん》徳《とく》

といふ句は意匠卑俗にして取るに足らずといへども、中七字のはたらきは俳句修学者の注意せざるべからざる所なり。余所《よそ》の垣根の梅を折つて今や帰らんとする時、貰《もら》ひますよと一言の捨言葉を残したるを「もらふ声あり」と手短かに言ひたる、さすがに老熟と見えたり。但《ただ》しこの句の価値をいはば一文にもあたらず。

一、絶頂の城たのもしき若葉かな　蕪村

句意は聞えたるまでなり。あるいは絶頂といふ漢語あるを見て窮策に出でたりといひ、あるいはことさらに奇を好みたりといふ者あらん。しかれども蕪村は奇を好まず、また窮策をも取らざるなり。特にここにいただきとはいはずして絶頂といひし所以《ゆえん》の者は、「せつちやう」といふ語調の強きがために山いよいよ嶮《けん》なるを覚え、随つてたのもしきといふ意ますます力を得て全句活動すべし。また若葉の候と定めたるも、初夏草木の青々茂りて半ば城楼《じょうろう》を埋めたる処は最も城の堅固なるを感ずべし。もし冬季を以て城楼に結ばば空城古城の感を増すを以て、「たのもしき」といふ語は不適当となるべし。

一、学生俳句に多くの漢語を用ゐて自ら得たりと為すも、信屈《きっくつ》に過ぎて趣味を損ずる者多し。漢語を用うるは左の場合に限るべし。

　漢語ならでは言ひ得ざる場合

　漢土の成語を用うる場合

　漢語を用うれば調子よくなる場合

一、現時の新事物(36)は俳句に用ゐて可なり。但し新事物には俗野なる者多ければ選択に注意せざるべからず。

第七　修学第三期

一、修学は第三期を以て終る。

一、第二期にある者已《すで》に俳家の列に入るべし。名を一世に挙ぐるが如きまた難きにあらず。第三期は俳諧の大家たらんと欲する者のみこれに入ることを得べし。一世の名誉に区々《くく》たる者の如きは終《つい》にこの期に入るを許さざるなり。

一、第三期は卒業の期なし。入る事浅ければ百年の大家たるべく、入る事深ければ万世《ばんせい》の大家たるべし。

一、第二期は天稟《てんぴん》の文才ある者能《よ》く業余を以てこれを為すべし。第三期は文学専門の人に非ざれば入ること能《あた》はず。

一、第二期は浅学なる者、懶惰《らんだ》なる者、なほ能くこれを修《おさ》むべし。第三期は励精《れいせい》なる者、篤学なる者に非れば入る能はず。

一、第二期は知らず知らずの間に入りをることあり。第三期は自ら入らんと決心する者に非ればに入るべからず。

一、文学専門の人といへども自ら誇り他を侮《あなど》り研究琢磨《たくま》の意なき者は第二期を出づる能はず。

一、一読を値する俳書は得るに随つて一読すべし。読み去るに際してその書の長所と短所とを見るを要す。

一、俳句につきて陳腐と新奇とを知るは最も必要なり。陳腐と新奇とを判ずるは修学の程度によりてその範囲を異にす。俳句を見る事いよいよ多ければその陳腐を感ずること随つて多かるべし。第二期にある者初学の俳句を見ればただその陳腐なるを見る。第三期にありて第二期を見る、また此《かく》の如《ごと》きのみ。しかして能く新陳両者の区別を知るには多く俳書を読むに如《し》かず。

一、業余を以て俳句を修する者、自己の句と古句と暗合するあるも妨げず。ただ第三期にある者は暗合を以てその陳腐を抹殺し得べきに非ず。たまたま以《もっ》て自己の浅学を証するのみ。

一、空想よりする者、写実よりする者、共に熟練せざるべからず。非文学的なる者をしてなるべく文学的ならしむるの技倆も具備せざるべからず。

一、空想と写実と合同して一種非空非実の大文学を製出せざるべからず。空想に偏《へん》僻《ぺき》し写実に拘泥《こうでい》する者は固《もと》よりその至る者に非るなり。

一、俳句の諸体に通ぜざるべからず、自己の特色なかるべからず。

一、俳書を読むを以て満足せば古人の糟粕《そうはく》を嘗《な》むるに過ぎざるべし。古句以外に新材料を探討せざるべからず。新材料を得べき歴史地理書等これを読むべし。もし能《あた》ふべくんば満天下を周遊して新材料を造化より直接に取り来れ。

一、俳句以外の文学にも大体通暁《つうぎょう》せざるべからず。第一和歌、第二和文、第三小説、謡曲、演劇類、第四支那文学、第五欧米文学等なるべし。

一、文学を作為するは専門家に非れば能はず。和歌を能《よ》くして俳句を能くせず、国文を能くして漢文を能くせざるが如き、強《あなが》ち咎《とが》むべきに非ず。しかれども文学の標準は各体において各地において相異あるべからず。故に和歌の標準を知りて俳句の標準を知らずといふ者は和歌の標準をも知らざる者なり。俳句の標準を知りて小説の標準を知らずといふ者は俳句の標準をも知らざる者なり。標準は文学全般に通じて同一なるを要するは論を俟《ま》たず。

一、文学に通暁せざるべからざるのみならず、美術一般に通暁せざるべからず。文学の標準は絵画にも適用すべく、彫刻にも適用すべく、建築にも適用すべく、音楽にも適用すべし。

一、俳句の標準を得る者、和歌を解釈し得ざればその美不美を断ずべからず。漢詩欧詩を解釈し得ざればその美不美を断ずべからず。絵画、彫刻、建築、音楽を解釈し得ざればその美不美を断ずべからず。故に俳人は深く入ると共に博《ひろ》く通ぜざるべからず。

一、文学に通暁し美術に通暁す、いまだ以て足《た》れりとすべからず。天下万般の学に通じ事に暁《さと》らざるべからず。しかれども一生の間に自ら実験し得べき事物は極めて少数なり。故に多く学び博く識《し》らんと欲せば書籍によるを最良《もっともよ》しとす。歴史は材料を与《あた》ふべし、地理書は材料を与ふべし。その他雑書皆多少の好材料を与へざるはなし。

一、極美の文学を作りていまだ足れりとすべからず、極美の文学を作るますます多からんことを欲す。

一、一俳句のみ力を用うること此の如くならば則《すなわ》ち俳句あり、俳句あり則ち日本文学あり。

第八　俳諧連歌

一、易《えき》、源氏《げんじ》、七十二候《しちじゅうにこう》などその外種々の名称あれども多くは空名に過ぎず。実際に行はるる者は歌仙《かせん》を最も多しとし、百韻《ひゃくいん》これに次ぐ。

一、歌仙は三十六句を以て成り、百韻は百句を以て成る。長句、短句にかかはらずこれを一句といふ。発句《ほっく》と最後の一句を除きて外は各句両用なるを以て、歌仙には三十五首の歌(則ち長句短句合したる者)あり、百韻には九十九首の歌あるわけなり。

一、歌仙は長に過ぎず、短に過ぎず、変化度に適せり。故に芭蕉以後は歌仙最も多く行はれたり。初学の人連句《れんく》を学ぶ、また歌仙よりすべし。

一、連句は変化[37]を貴ぶ故にその打越《うちこし》（一句置いて前の句）に似るを嫌ふ。即ち第三の句は第二句に附くこと言ふまでもなく、しかして第一句とはなるべく懸隔せるを要す。けだし第一句、第三句共に第二句に附く故に両句動《やや》もすれば同一の趣向となり、あるいは正反対の趣向（黒と白、男と女、戦争と平和等の如し）となるを免れず。同一の趣向の変化せざるは勿論にして、正反対の趣向もまた変化せざるものなり。

一、二句去り、三句去りなどといふことあり。何句去りとは何句の間その物を詠みこむを禁ずといふことなり。例へば竹は木に二句去りなりといへば、木を詠み込し句より後二句の中には竹を詠まれぬが如し。これらの法則は余りうるさきやうなれども、つまり法則的に変化せしめんとの意より出でたる者にして、愚人に連歌、連句を教へんがためなり。いやしくも変化の本意を知る者はかかる人為の法則に拘泥《こうでい》するに及ばず。ただ我が思ふままに馳駆《ちく》して可なり。試みに芭蕉一派の連句を抜《ひら》き見よ。その古格を破りて縦横に思想を吐き散らせし処常にその妙を見《あら》はすを。

一、古来定め来りし去り嫌ひはやや寛《かん》に過ぐるを憂《うれ》ふ。二句去り、三句去りといふもの多くは五句も六句も去らざれば変化少かるべし。

一、歌仙は分ちて表六句、裏十二句、名残《なごり》の表十二句、名残の裏六句となす。

一、月花《つきはな》の定座《じょうざ》なる者あり。そは月と花とを詠みこまざるべからざる句をいふ。即ち月の定座は表の第五句、裏の第七句、名残の表の第十一句とし、花の定座は裏の第十一句、名残の裏の第五句とす。但しこの句と固定せるにはあらず、時に応じて種々に動くべし。

一、表六句(百韻は八句)には神祇《しんぎ》、釈教、恋、無常、述懐、人名、地名、疾病《しっぺい》等を禁ず。窮屈なるやうなれども一理なきにあらず、従ふべし。元来歌仙全体を一つの物と見る時は、表は詩の起句の如し、故に此処《ここ》はなるべくすらりとして苦のなきやうに致し、以て後段に変化の地を残し置くなり。二の表は更に変化を要する所なりとぞ。

一、脇(第二句)には字止《じどめ》といふ定めあり、字止は名詞止なり。第三には「て止」といふ定めあり。これらあながち固守すべきにもあらねど、また一理なきにもあらべし。初学は古法に従ふべし。

一、春秋二季は三句乃至《ないし》五句続き、夏冬二季は一句乃至三句続くを定めとす。時の宜《よろ》しきに従ふべし。

一、月といふ者必ずしも秋月なるを要せず。殊《こと》に裏の月は秋月ならぬ方かへって宜しからん。

一、花といふ者必ず桜花なるを要せず、梅、桃、李《すもも》、杏《あんず》固より可なり。他季の花を用うるまた可なり。花と言はずして桜といふ固より可なり。各人の適宜に任すべし。

一、恋を一句にて棄《す》てずといふ定めあり、従ふに及ばず。

一、百韻は初折表《しょおりおもて》八句裏十四句、二の折表十四句裏十四句、三の折表十四句裏十四句、四の折表十四句裏八句なり。

一、百韻の月の定座は表の終《おわり》より二句目、裏(名残の裏を除く)の九句目なり。花は裏の終より二句目なり。百韻にては殊に月花の定座に拘泥すべからず。

一、百韻は長き故にともすれば同一の趣向に陥りやすし。全体の変化に注意すること最も肝心《かんじん》なり。一句々々の附具合《つけぐあい》も歌仙に比すれば親句《しんく》(ぴつたりと附きたる句)多かるべし。しからざれば窮屈なる百韻となりをはらん。

一、規則《きそく》、附様《つけ》等一々に説明しがたし。古書について見るべし。

一、俳諧連歌における各句の接続は多く不即不離《ふそくふり》の間にあり、密着《みっちゃく》せる句多くは佳《か》ならず、一見無関係なるが如き句必ずしも悪《あ》しからず。切なる関係なしとは見えながらまた前句と連続せざるにもあらざる処に多く妙味を存するなり。初学のために一例を挙げて解釈すべし。

一、左に録する俳諧連歌は十八句より成り、召波《しょうは》十三回の追悼会に催せし者と知らる。脇起《わきおこし》とはその座にをらぬ人の俳句を竪句《たてく》(第一句)として作る者にて、追善の場合に亡き人の句を竪句とすること普通の例なり。これもまたしかなり。

一、　冬ごもり五車《ごしゃ》の反古《ほうぐ》のあるじかな　召波

五車の書といふ支那の故事を転じて反古となし、反古の多きことを言へる者にして、冬ごもりの書斎狼藉《ろうぜき》たる様なるべし。

一、　ひとり寒《かん》夜《や》に缻《ほとぎ》うつ月　　維《これ》駒《こま》

維駒は召波の子なれば脇を着けたるなり。発句冬季なればこの句も冬季にて受けたり。缻は缶の意にて「ほとぎ」と読ましむる者か。缶《ほとぎ》は瓦器にして酒を盛る者なるを、秦《しん》人はこれを撃て楽器となすとかや。五車の書といふこと支那の故事を引きたれば、脇もまた缶《ほとぎ》といふ支那の楽器を引用したるなり。但しここは支那の楽器を持出して撃つといふにはあらず、有り合せの瓶などを叩きたることをいへるなり。前句との附様は冬籠りの中にある月あかき夜、酒うち飲みて酔ひたるままに瓶など打ち叩きたるといふ趣向なり。

郊外何焚《たく》やらん煙して　　鉄《てっ》僧《そう》

初《しょ》五文字何と読むやらん、「かうぐわい」と四音に読むにや、または「郊外《こうがい》に」とあるべきを字の脱《ぬ》けたるにや、あるいは外《ほか》に読みやうあるべきか知らず。前句との附様は前の缶《ほとぎ》打つ月といへるを町はづれなどの侘住居《わびずまい》と見たる故に郊外の景色を見るがままに述べたるならん。この句雑《ぞう》の句なり。冬季は二句続くが普通の例なり。

流れの末の水は二筋　臥《が》央《おう》

これはただ前句を受けて郊外の景色を更に述べ添へたるまでなり。

枝伐《きっ》て一のまぶしを定むらし　蕪村

まぶしとは猟師《りょうし》が木の枝などを地に刺し、その陰《かげ》に隠れて鉄砲を放つものなりとぞ。一のまぶしとはまぶしいくつもあるうちに第一に射撃すべき処をいふにやあらん。この附様は前句の「流れの末の水は二筋」といふを山中の谷川の景色と見て、さて箇様《かよう》に獣猟《じゅうりょう》の様をばいひて郊外の景色を転じたるなり。この句普通には月の定座なれども、脇に月を置きたる故にここには置かれぬ定めなり。

甥《おい》の太郎が先づ口をきく　百《ひゃく》池《ち》

附様に前の山猟に鹿など来るやと身を隠し息を殺して待ちをる処に、甥の太郎が先づ物を言ひたるとなり。この口をきくとは何事を言ひたるや、そは定かならねども大方は鹿の来るを見つけて「来た来た」などと口走りたるならんか。

新宅の夏を住みよき柱組　也《や》好《こう》

この句は全く趣向を転じたり。附様は新築成りてその祝ひに（祝ひならずともよし）幾人か集まりゐたる処に、甥の太郎が一番に口をききたりといふことにしたるなり。

水打ちそゝぐ進物の鯛　春《しゅん》坡《ば》

この句は前の新築の祝ひに鯛を遣《つか》はしたるなり。水打ちそそぐとは鯛の腐りかけたるを防ぐなるべし。この句夏季にはあらねど水打ちそそぐといふは夏季に最も適切なり。

裂《さ》けやすき糸の乱れの古袴《ふるばかま》　正《せい》巴《は》

これは前句祝宴なる故に、祝宴の時に古袴ひきつくろひたるさまを叙したるなり。前の腐《くさ》れ鯛《だい》に対してここには古袴の破れて糸のほつれたるを附けたる作者用意の処なり。

妻《め》を奪ひ行く夜《よ》半《わ》の暗きに　之《し》兮《けい》

妻は「め」と読むなり。この附様は全く転じたり。さるべき恋の執心より人の妻を奪ひ行くその身なりもしどろに袴など裂けたるさまなり。前句の「糸の乱れの」といへるさま恋歌の言葉にて、如何にも主《あるじ》の心までも乱れたらんやうに見ゆるからに、この句は恋となしたるなり。但し袴といふによりてこの恋は門地《もんち》ある人の恋と知るべし。（ここにては前句の袴を女の袴と見たるにや）

ちら〳〵と雪降る竹の伏《ふし》見《み》道《みち》　道《どう》立《りゅう》

これは前句の妻を奪ひ行く支道のさまを述べたるものにて恋の句にはあらず。前の恋は都の位ある人のしわざと見つけて、さては伏見と置きたるなり。伏見より竹を思ひ、竹より雪を思ふ。この清麗なる雪中の竹逕《ちくけい》を以て前の上等社会の恋に副《そ》ふ、また用意周到の処なり。

小《こ》荷《に》駄《だ》返して馬断《いば》ふらん　我《が》則《そく》

この句はただ伏見郊外の景色なり。小荷駄返してといふ意何の事にや。荷主に荷を返すことをいふか。

泣く〳〵も棺《ひつぎ》を出《い》だす暮の月　自《じ》笑《しょう》

前句をただ夕暮の淋しき景気と見てこの附《つけ》ありたるならんか。但し田舎にては夕暮に棺を出す処多し。この句月を入れて秋季なり。

よからぬ酒に胸を病む秋　佳《か》棠《とう》

句の表は悪《わろ》き酒を飲みて胸わるくなりたりといふまでなり。されどその裏面にはさらでも人を失ひたる悲みに胸つかえたる頃を、焼け酒飲み過ぎてなほ胸苦しさよとかこちたるさまをも見せたり。前秋季なればこの句も秋季にて受けたり。

小《こ》商《あきな》ひ露のいく野の旅なれや　湖《こ》柳《りゅう》

この句は小《こ》商人《あきんど》の旅にて、わろき酒など飲みて欝《うつ》を晴さんとするに、なかなか胸につかえたりといふなり。いづれも秋の淋しき処より案じ出だせるなり。この句露とある故秋季なり。

燕来る日の長閑《のどか》なりけり　湖《こ》宕《がん》

この句はただ旅路のさまをいひたるなり。前句は秋季にてこの句は春季なり。これを「季移り」といふ。この場合には前句を春季の句と見なしてこの句を附くるなり。露は秋季なれども春にも露あること勿論なれば、春と見なしても差支《さしつかえ》なきわけなり。

反古《ほぐ》ならぬ五車《こしゃ》の主《あるじ》よ花の時　几董《きとう》

反古ならぬ五車の書の主といふ事なるべきを、発句に照応して反古ならぬとは言ひたり。箇様に発句に照応せしむること定則《ていそく》にはあらず、便宜の沙汰《さた》なり。この句花の定座《じょうざ》にして花あり。

春(38)や昔の山吹の庵《いお》　田福《でんぷく》

これはただ五車の主の住居を山吹など咲きたらんと見立てたるなり。「春や昔」と懐旧《かいきゅう》の意にものしたるは、これも追善の意を含ませたるなり。

一、この連句にて各句の附具合はそれぞれに味ひありて面白し。ただ一句として面白き句は

水うちそゝぐ進物の鯛

裂けやすき糸の乱れの古袴

妻を奪ひ行く夜半の暗きに
ちら〳〵と雪降る竹の伏見道
なく〳〵も棺を出だす暮の月

などなるべし。

(明治二十八年十月二十二日―十二月三十一日)

注

復本一郎

（1）盲目の俳人服部華山《かざん》。安政五年（一八五八）に生まれ、昭和八年（一九三三）没。「松風会」会員。

（2）杉木望一。江戸時代、貞門《ていもん》の俳人。寛永二十年（一六四三）没。享年五十八。伊勢山田の人。勾当《こうとう》（盲人）。

（3）一休禅師の『水かゞみ』に「めなしどち〳〵、こゝゐについてましませ」とある。

（4）室町時代の僧一休宗純のこと。文明十三年（一四八一）没。享年八十八。

（5）明治二十七年（一八九四）松山で結成された子規派の結社。下村為山《いざん》が指導。明治二十八年、夏目漱石も加わる。

（6）車蓋《しゃがい》編『発句三傑集』（寛政六年刊）のこと。三傑とは、闌更《らんこう》、暁台《きょうたい》、蓼太《りょうた》。

（7）烏明《うめい》編『故人五百題』（天明七年刊）のこと。

（8）子規がはじめて「月並俳句」に言及したのは、明治二十六年（一八九三）刊『獺祭書屋《だっさいしょおく》俳話《はいわ》』において。「月並」「月並調」などと用いられるが、「月並風」は、『俳諧大要』が初出。明治三十四年(一九〇一)刊『俳句問答』において「新俳句」(「新派俳句」)との対比につき左のごとく五条にまとめて記している。

第一、我は直接に感情に訴へんと欲し、彼は往々智識に訴へんと欲す。

第二、我は意匠の陳腐なるを嫌へども、彼は意匠の陳腐を嫌ふこと我よりも少し、寧ろ彼は陳腐を好み新奇を嫌ふ傾向あり。

第三、我は言語の懈弛《たるみ》を嫌ひ、彼は言語の懈弛を嫌ふ事我よりも少し、寧ろ彼は懈弛を好み緊密を嫌ふ傾向あり。

第四、我は音調の調和する限りに於て雅語俗語漢語洋語を嫌はず、彼れは洋語を排斥し漢語は自己が用ゐなれたる狭き範囲を出づべからずとし雅語も多くは用ゐず。

第五、我に俳諧の系統無く又流派無し、彼は俳諧の系統と流派とを有し且つ之あるが為めに特種の光栄ありと自信せるが如し、従つて其派の開祖及び其伝統を受けたる人には特別の尊敬を表し且つ其人等の著作を無比の価値あるものとす。我はある俳人を尊敬することあれどもそは其著作の佳なるが為なり。されども尊敬を表する俳人の著作といへども佳なる者と佳ならざる者とあり。正当に言へば我は其人を尊敬せずして其著作を尊敬するなり。故に我は多くの反対せる流派に於て佳句を認め又、悪句を認む。

(9) 明和元年(一七六四)成立の国学者楫取魚彦《かとりなびこ》の著作。
(10) 文化三年(一八〇六)成立の国学者本居春庭《もとおりはるにわ》の著作。
(11) 天明五年(一七八五)刊の国学者本居宣長の著作。
(12) 明和九年(一七七二)刊、菊岡沾涼《せんりょう》著『江戸砂子』(地誌)に、別名「大般若」として、

清水の堂のうしろ、井の端にあるさくら也。これを秋色桜と云。小あみ町菓子屋の女《むすめ》おあきと云もの、十三の年花見に来りて、

井戸はたの桜あふなし酒の酔　　女 秋色

此句いかゞしてか宮様の御耳に入、御感遊されしと也。此《この》小女後に秋色といふて、誹諧の宗匠となれり。

と見える。
(13) 端歌《はうた》「我物と」に、左のごとし。

〽我物と思へば軽き笠の雪恋の重荷を肩にかけ。妹がり行けば冬の夜の川風寒く千鳥なく。待つ身につらき沖の石。実にやるせがないわいな。

(14) 「たるみ」は、子規の俳論用語。この用語をはじめて用いたのは、この部分。本書の「解説」で詳述する。
(15) 謡曲「景清」の詞章に「いかにこのあたりに里人のわたり候か」(このあたりにここの

里人がおいででありますか)と見える。

(16) 芭蕉の門人許六《きょりく》の『俳諧問答』(「自得発明弁」)中に、芭蕉の言葉「発句は畢竟取合物《ひっきょうとりあわせもの》とおもひ侍るべし。二ッ取合て、よくとりはやすを上手と云也」が見える。子規も大きな関心を示している。

(17) うた沢(端歌)「むッとして」に左のごとし。

〽むッとして、かへれば門《かど》の青柳で、くもりし胸を春雨の、また晴れてゆく月の影、ならばおぼろにしてほしや。

(18) 「水村山郭酒旗風」は、杜牧《とぼく》の「江南春絶句」中の詩句。詩全体は、左のごとし。

千里鶯啼緑映紅
水村山郭酒旗風
南朝四百八十寺
多少楼台煙雨中

(19) 後代、俳人介我《かいが》著『俳諧あやめ草』(天保十二年刊)は、

奈良七重七堂伽藍八重さくら　　才麿

とするが、何に拠ったか。荻野清編『元禄名家句集』の才麿の部には不掲載。

(20) 後徳大寺左大臣(実定)の「なごの海の霞のまよりながむれば入《い》る日をあらふ沖つ白浪」。

（21）能因法師《のういんほうし》の「ねやのうへに片枝《かたえ》さしおほひそともなる葉びろ柏《がしわ》に霰ふる也《なり》」。

（22）『賀茂翁家集』（加茂真淵）の「信濃なるすがの荒野をとぶ鷲のつばさもたわにふく嵐かな」。

（23）『賀茂翁家集』の「大びえやをびえの雲のめぐりきて夕立すなり粟津野のはら」。

（24）芭蕉の門人土芳《どほう》の俳論『三冊子《さんぞうし》』（赤雙紙《あかぞうし》）に左のごとき記述が見える。

師の風雅に、万代不易《ばんだいふえき》あり、一時の変化あり、この二つに究り、その本《もと》一つなり。その一つといふは風雅の誠《まこと》なり。不易を知らざれば、実《まこと》に知れるにあらず。不易といふは、新古によらず、変化流行にもかかはらず、誠によく立ちたる姿なり。

（25）子規の俳論「芭蕉雑談」中に「雄壮なる句」として、左の十一句が示されている。

夏草やつはものどもの夢のあと
五月雨を集めて早し最上川
あら海や佐渡に横たふ天の川
一声の江に横たふや時鳥
五月雨《さみだれ》の雲吹き落せ大井川
郭公大竹原を漏る月夜
かけ橋や命をからむ蔦かづら

塚も動け我泣声は秋の風
秋風や藪も畠も不破の関
猪も共に吹かるゝ野分かな
吹き飛ばす石は浅間の野分かな

(26) 巴釣(秋田藩士、安永六年(一七七七)没、享年五十二)の俳論『俳諧さるすべり』中に左の記述が見える。

文に雅俗あり辞に和漢あり和歌は和にして雅なるものなり詩は雅にして漢なるものなり俳諧は雅俗の交じらひにして和漢の媒なり。

(27) 『唐詩選』中の王維の詩「盧員外象と與《とも》に崔處士興宗が林亭に過る」の一節「白眼　看他す　世上の人」。

(28) 元禄四年(一六九一)刊、松春《しょうしゅん》編『祇園拾遺物語』に、

うごくたぐひはいかにすぐれてきこゆるとも上作とはいはれまじ。題をよくおもひめぐらしてうごかぬ句作あるべし。

と見え、また享保三年(一七一八)刊、鬼貫《おにつら》著『独《ひとり》ごと』には、具体的に、

発句に動くといふ事侍り。たとへばつばなの句をすみれの句にしていへば又それにもなり、杜若《かきつばた》の句をあやめの句にして見ればなるをこそ嫌ふ事にて侍れ。

とある。蕉門では「ふる　ふらぬ」として論じられていた。芭蕉の句「行春《ゆくはる》を近江の人とおしみけり」をめぐって、去来の『去来抄』(先師評)中に芭蕉の引く尚白《しょうはく》の言葉「近江は丹波にも、行春は行歳にもふるべし」が見える。

(29)『去来抄』に上五文字を「下京や」と置いた芭蕉の言葉「若《もし》まさる物あらば、我二度《ふたたび》俳諧をいふべからず」が見える。

(30) 天保十年(一八三九)刊『対塔庵蒼虬句集』を指すか。あるいは、明治二十三年(一八九〇)八月刊『蒼虬発句集』か。

(31) 佐藤一斎(明和九年(一七七二)〜安政六年(一八五九))は、江戸時代後期の儒者。「聖人は赤合羽の如し、云々」は、一斎の著述『言志四録』の中などに見えそうな言葉であるが、不明。

(32) 土芳の『三冊子』(わすれみづ)に左の一条が見える。

師の曰く「絶景にむかふ時は、うばはれて叶《かな》はず。ものを見て、取る所を心に留めて消さず。書き写して静《しずか》に句すべし。うばはれぬ心得もある事なり。その思ふ処しきりにして、猶《なお》叶はざる時は、書き写すなり。あぐむべからず」となり。師、松島にて句なし。大切の事なり。

芭蕉自身、『おくのほそ道』の松島の条に、予は口をとぢて、眠らむとしていねられず。

と記している。

(33) 許六と去来による『俳諧問答』(元禄十年、十一年成立)中、許六の執筆部分は、「再呈落柿舎先生」「俳諧自賛論」「自得発明弁」「同門評判」。注記者の手もとに月居序、寛政十二年(一八〇〇)刊の半紙本全五冊の板本がある。

(34) 内藤鳴雪。弘化四年(一八四七)に生まれ、大正十五年(一九二六)没。享年八十。二十歳年長の子規の門人。『鳴雪句集』(明治四十二年刊)の中で、鳴雪は、

内藤素行を生んだのは父母で内藤鳴雪を造つたのは子規子である。

と語っている。「南柯」第十五号、昭和二年(一九二七)二月号(内藤鳴雪先生追悼号)巻頭に「句作の真諦」と題して、左のごとき鳴雪の俳句観が掲げられている。

近頃は俳句の感想や事物にも可成的複雑なることを言はうとしてそれが進歩した俳句の如く云ふものもあるが、是は俳句に向つて無理な注文をするのである。それも充分上達した人ならば時々は技倆を弄する慰み半分にやるのもよいが、初心者が左様な庭に手を出せば成功は勿論《もちろん》同等の修練も出来ず、所謂一も取らず二も取らずに終つて仕舞ふのである。返す〴〵も俳句は十七字の短かい詩であるから簡単で足る趣味を歌ふの覚悟を以て句作をなすべきである。若しそれ以上の広く長い事を歌ふと云ふなら、

最初から新体詩なり写生文なり小説なりを学ぶがよいのである。

(35) 芭蕉の門人向井去来による俳論。宝永元年(一七〇四)頃成立。「先師評」「同門評」「故実」「修行」の四部より成る。安永四年(一七七五)出版されたが、「故実」の部を欠いている。井筒屋庄兵衛、西村市郎右衛門、辻井吉右衛門の三書肆の相版。

(36) 明治二十九年(一八九六)四月発行の「早稲田文学」第七号に、子規は「明治新事物」十二句を発表している。左の通り。

ぼうと行けば鷗立ちけり春の風
うつくしき桜の雨や電気灯
行く春を電話の糸の乱れかな
薔薇深くぴあの聞こゆる薄月夜
甲板に寝る人多し夏の月
電信の棒かくれたる夏野かな
聖霊の写真に憑《よ》るや二三日
はらくと汽車に驚く螽《いなご》かな
菊の花天長節は過ぎにけり
燐寸《マッチ》売るともし火細し枯柳

きやべつ菜に横浜近し畑の霜

煙突や千住あたりの冬木立

(37) 寛政五年(一七九三)刊、杜《と》哉《さい》著『俳諧古集之弁』の冒頭に置かれている「弁古集大綱」に「そも附合の変化に至りては、百韻即百変なる其《その》趣を識得せざれば、句面の実に滞つて古集の難所は越《こえ》がたからんか」と見えるように、「俳諧連歌」の特質は「変化」。そのための規則が「去り嫌ひ」。視点を変えれば「可隔物」ということになる。一条兼良《かねよし》の『連歌初学抄』を繙《ひもと》くと「七句可隔物」として「同季　月与《と》月　松与松　竹与竹　夢与夢　涙与涙　船与舟　田与田　衣与衣」が挙げられている。

(38) 田福の付句中の「春や昔」の措辞《そじ》、左の子規の二句(明治二十八年の作)に影響を与えているのではなかろうか。

春や昔古白といへる男あり

春や昔十五万石の城下哉《かな》

解　説

復本一郎

『俳諧大要』は、正岡子規によって書かれた最良の俳句入門書であり、今日においても最良の俳句入門書であり続けている。入門書であるゆえんは、本文中にしばしば用いられている「初学の人」「初学者」なる言葉によって窺《うかが》うことができるし、さらに冒頭の「序」に該当する左の部分によってもそのことを確認し得る。本文との重複を厭わず引用してみる。

ここに花山《かざん》といへる盲目の俳士あり。望一《もいち》の流れを汲《く》むとにはあらでただ発句《ほく》をなん詠《よ》み出《い》でける。やうやうにこのわざを試みてより半年に足らぬほどに、その声鏗《こう》鏘《そう》として聞く者耳を欹《そばだ》つ。一夜我が仮住居《かりずまい》をおとづれて共に虫の音《ね》を愛《め》づるついでに、我も発句といふものを詠まんとはすれどたよるべきすぢもなし、君《きみ》わがために心得となるべきくだりくだりを書きてんやとせつに請《こ》ふ。答へて、君が言好《げんよ》し、昔は目なしどち目なしどち後について来ませとか聞きぬ、われさるひじりを学ぶとはなけれど覚えたる限りはひが言《ごと》まじりに伝へん、なかなかに耳にもつぱらなるこそ正覚《しょうがく》のたよりなるべけれ、いざいざと筆をはしらし僅《わず》かにその綱目ばかりを挙《あ》げてこれを松風会諸子《しょうふうかいしょし》にいたす。諸子幸ひにこれを花山子に伝へてよ。

これによって『俳諧大要』が俳句入門書であることを確認し得ると同時に、子規の執筆動機をも知ることができる。

その執筆動機であるが、そもそもは、盲目の俳人花山の要請に端を発したもののようである。そこで花山である。明治二十七年(一八九四)九月二十九日付子規宛二神純孝《ふたがみすみたか》書簡に「松風会」のメンバーが列挙されている。子規の求めに応じたものであろう。十七名の一人として、

〇華山ハ服部某(服部基徳)

と見える。この華山が花山と見てよいであろう。二神純孝は、下村純孝、すなわち洋画家下村為山《しもむらいざん》である。一時、二神家に養子に入り二神姓を名乗っていた。花山(華山)、安政五年(一八五八)に生まれ、昭和八年(一九三三)没。享年七十六。当時の子規指導の

「松風会」の句稿に、その作品を窺うことができる。

蜘の巣にふわりとかゝる一葉かな
野菊咲て水紫にながれけり
山のはや月につゝたつ鹿の角

等の句。子規は「鏗鏘《こうそう》」(美しい音色)と評している。花山の俳句の資質を認めていたのであろう。その花山が、子規に俳句入門書を書いてほしいと依頼したのであった。そこで子規がふと思い出したのが一休宗純の著作『水かゞみ』(各種板本《はんぽん》がある)中の「めなしどち〳〵、こゑについてましませ」の文言だったのである。子規は言う、私は畏《おそ》れ多くも一休禅師に倣《なら》うということではないけれども、私が学び得ていることを、あるいは間違いがあるかもしれないが、花山あなたに伝えよう、あなたは確かな耳を持っているので呑み込みが早いであろう。さらに筆に記して「松風会」の皆にも伝える。「松風会」の皆は、それに目を通して花山に伝えてほしい、との「序」である。かくて、子規による「俳句入門書」である「俳諧大要」は、明治二十八年(一八九五)十月二十二日、二十四日、二十七日、十一月一日、九日、十一日、十三日、十四日、十六日、十七日、十八日、二十日、二十三日、二十八日、十二月一日、二日、三日、四日、六日、七日、八日、十日、十七日、二十日、二十三日、二十七日、三十一日と全二十七回にわたって「日本新聞」(『日本』)に連載されたのだった。

この連載を一冊にまとめて「俳諧叢書」の第一編『俳諧大要』として「ほと、ぎす発行所」より出版したのが、明治三十二年(一八九九)一月二十日。編輯兼発行者は高浜清(虚子)。「獺祭書屋主人《だっさいしょおくしゅじん》」(子規)編となっている。最良の俳句入門書として読み継《つ》がれ、子規没後の明治三十九年(一九〇六)四月五日には第七版が、明治四十年三月三日には第八版が、そして明治四十一年十一月三日には第九版が発行されている。初版の定価は金二十銭、第九版の定価は金二十五銭である。ちなみに「俳諧叢書」の第二編は、明治三十二年十二月一日発行の「獺祭書屋主人」著の『俳人蕪村』、第三編は同年十二月二十日発行の「ほと、ぎす発行所」編纂の『俳諧三佳書』(『三佳書』とは『猿蓑』『続明烏』『五車反古』)である。

少しく戻って「松風会」のこと。明治二十七年(一八九四)三月二十七日、伴狸伴《ばんりはん》(松山高等小学校教員)、中村愛松《あいしょう》(松山高等小学校校長)、野間叟柳《そうりゅう》(松山高等小学校教頭)の三人の主唱によってスタートした日本派の俳句グループ。先に記しておいたように二神純孝(下村為山)は、全十七名のメンバーを列挙している。

明治二十八年(一八九五)四月、日清戦争に従軍記者として参加した子規は、帰途、船中で喀血、重篤の症状にて神戸病院に入院、九死に一生を得て、須磨保養院でしばらく静養、その後松山に帰郷、八月二十七日より十月十七日までの五十二日間を、愛媛県尋常中学校の英語教師として松山に赴任していた親友(畏友)夏目漱石(金之助)の下宿、上野義方の離れ、いわゆる「愚陀仏庵《ぐだぶつあん》」で過している。漱石が二階で、子規が一階。そこに毎日のように押し掛けたのが「松風会」のメンバーであった。明治二十八年十月十日付の内藤鳴雪《めいせつ》(子規門。子規より二十歳年長。子規は、鳴雪先生と呼び敬愛していた)宛子規書簡に、子規は左のごとく記している。

当地着後は毎日毎夜運坐連俳にのみ日を暮し候故、手紙したゝめ候いとまも無之《これなく》、どこともへ御《ご》疎情《そじょう》致《いたし》候。〔中略〕当地俳士少シハ眼あき候へども、何分にも速成教授故、不完全至極にて残念に存候。

そして、「毎日つめかける熱心の連中は、碌堂《ろくどう》、愛松、三鼠《さんそ》、梅屋《ばいおく》、叟柳の徒に有之《これあり》候」と報告している。碌堂は柳原碌堂(のち極堂)、愛松は先に見えた中村愛松、三鼠は岡村三鼠(子規の叔父)、梅屋は大島梅屋、叟柳は野間叟柳である。この中の一人、「松風会」の主唱者であった野間叟柳は、大正十一年(一九二二)十月一日発行の俳誌「懸葵《かけあおい》」

（明治三十七年、中川四明《しめい》によって京都市で創刊）十九巻十号において、子規居士についての思い出のアンケートに対して次のように記している。引用がやや長くなってしまうが、貴重な資料なので省略せずに引く。

明治二十八年居士（筆者注・子規居士）が従軍の途次病を得て郷里松山に帰るや、所謂《いわゆる》日本派俳句を研究せんと志すもの日夜交々《こもごも》其《そ》の門に蝟集《いしゅう》し絶えず居士の病床を囲みて、或は俳話に或は俳句に沈溺《ちんでき》し、居士をして寸時も病を養ふの暇《いとま》無からしめ、時に喀血昏睡の状態に陥《おちい》り急遽医を迎ふるの異変に遭遇せしことさへありしも、居士は平然として動《どう》ぜず、少しく苦痛癒ゆるを待ち、直《ただち》に仰臥無言の間に筆を採《と》りて添削を試むるが如き、其《そ》の病に対して頓着なきと、斯道《しどう》に対して熱心なりしは実に驚嘆の外《ほか》なし、偶々《たまたま》門生（筆者注・「松風会」の人々）等其の病苦を思ひ辞去せんとする場合の如き、居士は却て之《これ》を屑《いさぎよし》とせず、強《し》ひて之を抑留し遂に夜を徹するに至りしことあり、是れ居士が永く郷里に滞留して門生の為に十分満足なる指導を与《あた》ふることを得ざる憾《うらみ》あるを以て、努めて此《こ》の態度に出られしは実に想像するに難《かた》からず、如何《いか》に居士が斯道に対する貴き犠牲とは云へ、真に天性此《こ》の深厚なる愛情なくんば焉《いずく》んぞ能《よ》くこゝに至るを得んや、是れ居士が他を感化するの力絶大なりし所以《ゆえん》なるべし。

子規が「松風会」に対して、いかに熱心な愛情を注いでいたかを窺《うかが》うことができるであろう。一つ加えておくならば、冒頭引用文中の「望一《もいち》の流れを汲《く》むとにはあらで」の「望一」である。やや唐突の感がしないでもないが、ここにも子規の該博な知識を窺知し得る。浮世草子『西鶴名残の友』に「望一と同じ疳《かん》をやみ給はば、座頭(筆者注・実際には勾当《こうとう》であった)に成給《なりたま》はん物を、目が見えて残念」との一節があるように、貞徳門の俳人望一は、盲人。花山は、望一のごとく盲人俳人列伝中の注目すべき人物というのではなく、ごくごく初心者の、いわば素人俳人であることを言っているのである。『俳諧大要』で注意すべきは、以上で検討してきた冒頭の「序」に該当する部分ともうひとつは、巻末に置かれている「俳諧連歌」の部分であろう。この「俳諧連歌」の部分は、俳句入門書としては、ややそぐわない感じがするのを否めないであろう。ましてや、子規は、すでに明治二十五年(一八九二)に発表している「芭蕉雑談」の中で、連句(俳諧連歌)に対して否定的見解を示しているからである。まずは、そのことを確認しておく。

「芭蕉雑談」中の「或問」の部で、「ある人」が、子規に左のごとく尋ねる。

俳諧の正味は俳諧連歌に在り。発句は即ち其の一小部分のみ。故に芭蕉を論ずるは、発句に於てせずして連俳〔筆者注・俳諧、すなわち連句のこと〕に於てせざるべからず。芭蕉も亦《ま》た自ら発句を以て誇らず、連俳を以て誇りしに非ずや。

すこぶる真っ当、かつ的確な疑問である。この「ある人」の疑問を裏付けするがごとくに、芭蕉に左のごとき文言が残っている。芭蕉の門人許六《きょりく》の俳論『宇陀《うだ》の法師《ほうし》』（元禄十五年刊）中の「巻頭并《ならびに》俳諧一巻の沙汰」の条に見える。

先師〔筆者注・芭蕉を指す〕常に語《かたり》て云《いわく》「発句は門人の中予にをとらぬ句する人多し。俳諧におゐては老翁が骨髄」と申されける事毎度也。此《この》かはりめ、同門すら知《しる》人稀《まれ》也。他門いかで知べき。先師一生の骨折は只《ただ》俳諧の上に極《きわま》れり。

「ある人」の問い掛けが的確なものであったことが首肯し得よう。が、子規は反論する。

発句は文学なり。連俳は文学に非ず。故に論ぜざるのみ。連俳固《もと》より文学の分子を も併有《へいゆう》するなり。而《しか》して其《そ》の文学の分子のみを論ぜんには発句を以て足れりとなす。

と。「ある人」は重ねて問う、「文学以外の分子とは何ぞ」と。子規は答える。「連俳に貴ぶ所は変化なり。変化は則ち文学以外の分子なり」と。このように否定していた「俳諧連歌」であったが、俳句入門書である『俳諧大要』では、わざわざ最後の章で「初学の人」のために詳述しているのである。大いに疑問視すべきであろう。この間（「芭蕉雑談」執筆から『俳諧大要』執筆までの三年間）、子規の中で「俳諧連歌」に対する姿勢に変化があったということか、それが「俳諧連歌」に一章を費《つい》やしたということか、とも思われるが、それがそうではなかったようである。これが、またしても「松風会」のメンバーがらみだったのである。それ故の『俳諧大要』巻末の一章だったのである。

そのことが窺えるのが、明治二十八年十月十三日付「日本新聞」に連載中の子規の「養痾雑記」の最終章「俳諧連歌」の中。

> 余帰郷せしより一ケ月、二、三の俳士日々門を敲《たた》いて連句を教へよといふ。答へて曰く、余連句を知らず。然《しか》れども世上の宗匠輩は去嫌《さりきらい》、打越《うちこし》なども少し心得たるを自慢顔に、君等の俳句に遊ぶを罵《ののし》るとぞ聞く。去らば罵られぬ為めに月花の定座《じょうざ》ばかりを覚え給へ。去嫌、打越などは一々に言はずとも変化の二字を知らば則《すな》はち足《た》れり。

こういうことだったのである。「二、三の俳士」とは、具体的には「松風会」メンバーの中の大島梅屋、玉井馬風《ばふう》、野間叟柳、柳原碌堂（極堂）、中村愛松たちである。右のごときいきさつがあっての『俳諧大要』巻末の「俳諧連歌」だった。これで疑問が氷解した。

『俳諧大要』が、今日においても比類なき良質の俳句入門書であることは、先に述べた通りであるが、もう一つ注目すべきは、中で子規独自の俳論である「たるみ」論が展開されているということである。『俳諧大要』は、子規の「たるみ」論の嚆矢《こうし》。これをもって子規の「たるみ」論がはじまるのである。

「修学第一期」において、まず、芭蕉門凡兆《ぼんちょう》の、

門前の小家《こいえ》もあそぶ冬至《とうじ》かな

の一句に対する批評の語として用いられている。「冬至」については、貝原益軒刪補、貝原好古編録『日本歳時記』(貞享五年刊)に、

陽気の始て生ずる時なれば、労働すべからず。安静にして微陽を養ふべし。閉戸黙坐して、公事《くじ》にあらずんば出行《いでゆき》すべからず。又奴僕《ぬぼく》をも労動せしむる事なかれ。

と見える。そこで子規の評釈である。子規も、この知識を有していた。

この句の値《あたい》を論ぜんに、固《もと》より余韻ある句にあらねど一句のしまりてたるみなき処名人《めいじん》の作たるに相違なく、将《は》た冬至の句としては上乗の部に入るべし。澹泊《たんぱく》に何気《なにげ》

なく言ひ出したる処、かへつて冬至の趣ありて味ひあり。〔傍点は筆者〕

この評価は、子規が一句を「冬至は禅宗において供養の定日《じょうじつ》なるを以て、寺の門前に住みたる小家もお寺の縁によりこの日は遊び暮らすとなり」と解釈したことにより生じたものである。

次は、「修学第二期」の条に見える本格的「たるみ」論。三項にわたって述べられている。子規の「たるみ」論の全貌が浮かび上がってくる。

一、言語の上にたるむたるまぬといふ事あり。たるまぬとは語々緊密にして一字も動かすべからざるをいふ。たるむとは一句の聞え自《おのずか》ら緩《ゆる》みてしまらぬ心地するをいふ。

〔以下省略〕

一、句調のたるむこと一概には言ひ尽されねど、普通に分りたる例を挙ぐれば虚字《きょじ》の多きものはたるみやすく、名詞の多き者はしまり易し。〔以下省略〕

一、たるみにも程度あり。もし前の如き議論を極論すれば名詞ばかり並べたる句が一番の名句となるわけなり。しかしたるみも或《ある》程度まではたるみたるも善し。ただその程度は一々実際に就いていふより外はあらじ。〔以下省略〕

右の子規の「たるみ」論(正確には「たるまぬ」論、と言うべきかもしれない)、興味深い論ではあるが、三項めに至ってやや抽象論に過ぎる嫌いがあるようにも思われる。この三項め、子規自身は十全に咀嚼《そしゃく》した上での論であったのであろうか。

子規には、翌明治二十九年に「日本新聞」に連載した「俳句問答」において「月並《つきなみ》俳句」とのかかわりの中で「たるみ」を論じて左のごとき記述がある。

我は言語の懈弛《たるみ》を嫌ひ、彼は言語の懈弛を嫌ふ事、我よりも少し。寧《むし》ろ彼は懈弛を好み、緊密を嫌ふ傾向あり。

「月並俳句」批判によって、子規は、子規たり得た。後年、子規は『病牀六尺《びょうしょうろくしゃく》』の中で「月並」について、左のごとく語っている。

我々の俳句仲間にて俗宗匠の作る如き句を月並調と称す。こは床屋連、八公連などが月並の兼題《けんだい》を得て景物取りの句作を為《な》すより斯《か》くいひし者が、俳句の流行と共に今は広く広がりて、わけも知らぬ人迄月並調といふ語を用ゐる様になれり。従て或《ある》場合には俳句以外の事に迄俗なる者は之《これ》を月並と呼ぶ事さへ少からず。

当然のことながら、『俳諧大要』においても「月並」への言及が見られる。「修学第一期」においては、

月並風に学ぶ人は多く初めより巧者を求め婉曲《えんきょく》を主とす。宗匠また此方〔筆者注・

巧者」より導く故に終《つい》に小細工に落ちて活眼を開く時なし。

と述べられている。

唐突ではあるが、子規は芭蕉を高く評価した。「芭蕉雑談」において、

芭蕉の文学は古《いにしえ》を摸倣せしにあらずして、自ら発明せしなり。貞門檀林の俳諧を改良せりと謂《い》はんよりは、寧《むし》ろ蕉風の俳諧を創開せりと謂ふの妥当なるを覚ゆるなり。

と述べている。また、明治二十六年（一八九三）には、芭蕉を慕って『奥の細道』の跡を辿る旅を決行し（「はてしらずの記」の旅）、

その人の足あとふめば風薫る

の一句を作っている。「その人」とは、言うまでもなく芭蕉である（拙編『子規紀行文集』岩波文庫、参照）。その芭蕉、また「巧者」を嫌った。『去来抄』（先師評）の中で、去来が弟魯町《ろちょう》に別れる時の句、

手をはなつ中に落けり朧月

に対して、芭蕉は、

此《この》句悪《あし》きといふにはあらず。功（巧）者にてたゞ謂まぎらされたる也。

と評している。子規はさらに「修学第二期」において「月並」を詳述する。先の「修学

第一期」においては「月並風」と言っていたが、この「修学第二期」では、「月並調」と呼んでいる。

天保以後の句は概《おおむ》ね卑俗陳腐にして見るに堪へず。称して月並調といふ。

試みに、子規が蛇蝎《だかつ》のごとく嫌った蒼虬《そうきゅう》の『蒼虬発句集』(明治二十三年刊)の春夏秋冬の巻頭句を左に四句示してみる。

柴の戸を左右へ明て花の春
山水の音《おと》もほどよき卯月かな
山の井の花は咲けりけさのあき
くれがたや障子の色も神無月

いかがであろうか。子規が「たるみ」の句として例示していた蒼虬の、

ものたらぬ月や枯野を照るばかり

の句も、この句集の中に見える。子規は本書「修学第二期」の中で、

写実の目的を以て天然の風光を探ること尤も俳句に適せり。

と述べている。これが子規言うところの「写生」である。右の蒼虬の四句が、「写生」とは対蹠的な作品であることが首肯し得よう。このような作品も知っておく必要がある

と子規は言う。「月並調も少しは見るべし」と。このことは、晩年の随筆「墨汁一滴《ぼくじゅういってき》」の中でも、再度、

月並調を知らずして徒《いたずら》に月並調を恐るるものはいつの間にか月並調に陥り居る者少からず。試みに蒼虬・梅室の句を読め。

と述べられている。

『俳諧大要』の中で、もう一つ注目すべき記述を指摘するならば、子規の「雅俗」への言及であろう。最初に「修学第一期」の中で、

学識なき者は雅俗の趣味を区別すること難《かた》く、学識ある者は理想に偏して文学の範囲外にさまよふこと多し。しかれども終局において学識ある者は学識なき者にまさること万々《ばんばん》なり。

と述べられている。「趣味」は、この場合、面白さ、の意味であろう。文学（俳句に限定してもよいであろう）の面白さ（これも魅力と言ってしまってよいように思われる）には、「雅」の面白さと「俗」の面白さがあり、二つながらの面白さを享受し得るには、学識を必要とするというのである。ただし、「学識ある者」は、興味を文学の埒外《らちがい》に置きがちである。その危険性を、文学側の人間である子規の立場から指摘しているのである。

このこととかかわって、同じ文学側の人間である「文章を作る者」「詩を作る者」「小説を作る者」からの、俳句という文芸に対する疑義を、かなり確率性の高いものとして、子規は仮想している。

俳句は終《つい》に何らの思想をも現はす能《あた》はずと。

と。これに対して、子規は、自信を持って答を用意している。

俳句に適したる簡単なる思想を取り来らば何の苦もなく十七字に収め得べし。縦《よ》しまた複雑なる者なりとも、その中より最《もっとも》文学的俳句的なる一要素を抜き来りてこれを十七字中に収めなば俳句となるべし。

そして、子規は加える。「初学の人は議論するより作る方こそ肝心《かんじん》なめれ」と。子規は、あくまでも実践主義者であったのである。右の論、時代を下って、昭和二十一年(一九四六)に発表された桑原武夫氏の「第二芸術論」に対する答にもなり得ていよう。「修学第二期」でも「雅俗」論が論じられている。子規好みの「壮大」美を論じた箇所である。

壮大にも雅俗あり、繊細にも雅俗あり。〔中略〕今の宗匠者流は繊細に偏してしかも雅致を解せず、俗趣を主とす。

「今の宗匠者流」とは、子規言うところの「月並宗匠」である。彼らの作品の中に見て取れるのは主に「俗趣」であると指摘している。子規は「雅致」「俗趣」いずれか一方に加担しようというのではない。それ故の「雅俗」論である。「雅俗」への目配りの大切さを唱道しているわけである。子規は、その「雅俗」論を次のごとく簡明にまとめている。

雅樸〔筆者注・優雅と質樸〕の中にも雅俗あり、婉麗の中にも雅俗あり。

聞くべき見解であろう。

（ふくもといちろう　神奈川大学名誉教授）

〔編集付記〕

一、本文庫の底本には、岩波文庫旧版(一九五五年五月刊)収録の『俳諧大要』を用いた。

一、改版に当たっては本文のルビ、句読点の加除を行うとともに、復本一郎氏による本文注を加え、同氏による解説も付した。

一、本文中に、今日からすると不適切な表現があるが、原文の歴史性を考慮してそのままとした。

岩波文庫(緑帯)の表記について

近代日本文学の鑑賞が若い読者にとって少しでも容易となるよう、旧字・旧仮名で書かれた作品の表記の現代化をはかった。そのさい、原文の趣をできるだけ損なうことがないように配慮しながら、次の方針にのっとって表記がえを行った。

(一) 旧仮名づかいを新仮名づかいに改める。ただし、原文が文語文であるときは旧仮名づかいのままとする。

(二) 「当用漢字表」に掲げられている漢字は新字体に改める。

(三) 漢字語のうち代名詞・副詞・接続詞など、使用頻度の高いものを一定の枠内で平仮名に改める。

(四) 平仮名を漢字に、あるいは漢字を別の漢字に替えることは、原則として行わない。

(五) 振り仮名を次のように使用する。

(イ) 読みにくい語、読み誤りやすい語には新仮名づかいで振り仮名を付す。

(ロ) 送り仮名は原文通りとし、その過不足は振り仮名によって処理する。

例、明に→明《あきらか》に

(二〇二五年四月、岩波文庫編集部)

俳諧大要《はいかいたいよう》

1955 年 5 月 5 日　第 1 刷発行
1983 年 9 月 16 日　改版発行
2025 年 4 月 15 日　改版第 1 刷発行

著　者　正岡子規《まさおかしき》

発行者　坂本政謙

発行所　株式会社 岩波書店
〒101-8002 東京都千代田区一ツ橋 2-5-5
案内 03-5210-4000　営業部 03-5210-4111
文庫編集部 03-5210-4051
https://www.iwanami.co.jp/

印刷・精興社　製本・中永製本

ISBN 978-4-00-360059-7　　Printed in Japan

読書子に寄す

——岩波文庫発刊に際して——

岩波茂雄

真理は万人によって求められることを自ら欲し、芸術は万人によって愛されることを自ら望む。かつては民を愚昧ならしめるために学芸が最も狭き堂宇に閉鎖されたことがあった。今や知識と美とを特権階級の独占より奪い返すことはつねに進取的なる民衆の切実なる要求である。岩波文庫はこの要求に応じそれに励まされて生まれた。それは生命ある不朽の書を少数者の書斎と研究室とより解放して街頭にくまなく立たしめ民衆に伍せしめるであろう。近時大量生産予約出版の流行を見る。その広告宣伝の狂態はしばらくおくも、後代にのこすと誇称する全集がその編集に万全の用意をなしたるか。千古の典籍の翻訳企図に敬虔の態度を欠かざりしか。さらに分売を許さず読者を繫縛して数十冊を強うるがごとき、はたしてその揚言する学芸解放のゆえんなりや。吾人は天下の名士の声に和してこれを推挙するに躊躇するものである。このときにあたって、岩波書店は自己の責務のいよいよ重大なるを思い、従来の方針の徹底を期するため、すでに十数年以前より志して来た計画を慎重審議この際断然実行することにした。吾人は範をかのレクラム文庫にとり、古今東西にわたって文芸・哲学・社会科学・自然科学等種類のいかんを問わず、いやしくも万人の必読すべき真に古典的価値ある書をきわめて簡易なる形式において逐次刊行し、あらゆる人間に須要なる生活向上の資料、生活批判の原理を提供せんと欲する。この文庫は予約出版の方法を排したるがゆえに、読者は自己の欲する時に自己の欲する書物を各個に自由に選択することができる。携帯に便にして価格の低きを最主とするがゆえに、外観を顧みざるも内容に至っては厳選最も力を尽くし、従来の岩波出版物の特色をますます発揮せしめようとする。この計画たるや世間の一時の投機的なるものと異なり、永遠の事業として吾人は微力を傾倒し、あらゆる犠牲を忍んで今後永久に継続発展せしめ、もって文庫の使命を遺憾なく果たさしめることを期する。芸術を愛し知識を求むる士の自ら進んでこの挙に参加し、希望と忠言とを寄せられることは吾人の熱望するところである。その性質上経済的には最も困難多きこの事業にあえて当たらんとする吾人の志を諒として、その達成のため世の読書子とのうるわしき共同を期待する。

昭和二年七月

《日本文学(現代)》〔緑〕

- 怪談 牡丹燈籠　三遊亭円朝
- 小説神髄　坪内逍遥
- 当世書生気質　坪内逍遥
- アンデルセン 即興詩人 全二冊　森鷗外訳
- ウィタ・セクスアリス　森鷗外
- 青年　森鷗外
- 雁　森鷗外
- 阿部一族 他二篇　森鷗外
- 山椒大夫・高瀬舟 他四篇　森鷗外
- 渋江抽斎　森鷗外
- 舞姫・うたかたの記 他三篇　森鷗外
- 鷗外随筆集　千葉俊二編
- 大塩平八郎 他三篇　森鷗外
- 浮雲　二葉亭四迷　十川信介校注
- 吾輩は猫である　夏目漱石
- 坊っちゃん　夏目漱石
- 草枕　夏目漱石
- 虞美人草　夏目漱石
- 三四郎　夏目漱石
- それから　夏目漱石
- 門　夏目漱石
- 彼岸過迄　夏目漱石
- 漱石文芸論集　磯田光一編
- 行人　夏目漱石
- こころ　夏目漱石
- 硝子戸の中　夏目漱石
- 道草　夏目漱石
- 明暗　夏目漱石
- 思い出す事など 他七篇　夏目漱石
- 文学評論 全二冊　夏目漱石
- 夢十夜 他二篇　夏目漱石
- 漱石文明論集　三好行雄編
- 倫敦塔・幻影の盾 他五篇　夏目漱石
- 漱石日記　平岡敏夫編
- 漱石書簡集　三好行雄編
- 漱石俳句集　坪内稔典編
- 漱石・子規往復書簡集　和田茂樹編
- 文学論 全二冊　夏目漱石
- 坑夫　夏目漱石
- 漱石紀行文集　藤井淑禎編
- 二百十日・野分　夏目漱石
- 五重塔　幸田露伴
- 努力論　幸田露伴
- 一国の首都 他一篇　幸田露伴
- 渋沢栄一伝　幸田露伴
- 飯待つ間 ―正岡子規随筆選　正岡子規　阿部昭編
- 子規句集　高浜虚子選
- 病牀六尺　正岡子規
- 子規歌集　土屋文明編
- 墨汁一滴　正岡子規

仰臥漫録	正岡子規
歌よみに与ふる書	正岡子規
獺祭書屋俳話・芭蕉雑談	正岡子規
子規紀行文集	復本一郎編
正岡子規ベースボール文集	復本一郎編
金色夜叉 全二冊	尾崎紅葉
多情多恨	尾崎紅葉
不如帰	徳冨蘆花
武蔵野	国木田独歩
運命	国木田独歩
愛弟通信	国木田独歩
蒲団・一兵卒	田山花袋
田舎教師	田山花袋
一兵卒の銃殺	田山花袋
あらくれ・新世帯	徳田秋声
藤村詩抄	島崎藤村自選
破戒	島崎藤村

桜の実の熟する時	島崎藤村
夜明け前 全四冊	島崎藤村
藤村文明論集	十川信介編
生ひ立ちの記 他一篇	島崎藤村
島崎藤村短篇集	大木志門編
にごりえ・たけくらべ	樋口一葉
大つごもり・十三夜 他五篇	樋口一葉
修禅寺物語 正雪の二代目 他四篇	岡本綺堂
高野聖・眉かくしの霊	泉鏡花
歌行燈	泉鏡花
夜叉ケ池・天守物語	泉鏡花
草迷宮	泉鏡花
春昼・春昼後刻	泉鏡花
鏡花短篇集	川村二郎編
日本橋	泉鏡花
外科室・海城発電 他五篇	泉鏡花
海神別荘 他二篇	泉鏡花

鏡花随筆集	吉田昌志編
化鳥・三尺角 他六篇	泉鏡花
鏡花紀行文集	田中励儀編
俳句はかく解しかく味う	高浜虚子
俳句への道	高浜虚子
立子へ抄 —虚子より娘へのことば	高浜虚子
回想 子規・漱石	高浜虚子
有明詩抄	蒲原有明
宣言	有島武郎
カインの末裔・クララの出家	有島武郎
一房の葡萄 他四篇	有島武郎
寺田寅彦随筆集 全五冊	小宮豊隆編
柿の種	寺田寅彦
与謝野晶子歌集	与謝野晶子自選
与謝野晶子評論集	鹿野政直・香内信子編
私の生い立ち	与謝野晶子
つゆのあとさき	永井荷風

濹東綺譚　永井荷風
荷風随筆集　全二冊　野口冨士男編
摘録 断腸亭日乗　全二冊　永井荷風 磯田光一編
すみだ川・新橋夜話　他一篇　永井荷風
あめりか物語　永井荷風
下谷叢話　永井荷風
ふらんす物語　永井荷風
荷風俳句集　加藤郁乎編
花火・来訪者　他十一篇　永井荷風
問はずがたり・吾妻橋　他十六篇　永井荷風
斎藤茂吉歌集　山口茂吉 柴生田稔 佐藤佐太郎編
鈴木三重吉童話集　勝尾金弥編
小僧の神様　他十篇　志賀直哉
暗夜行路　全二冊　志賀直哉
志賀直哉随筆集　高橋英夫編
高村光太郎詩集　高村光太郎
北原白秋歌集　高野公彦編

北原白秋詩集　全二冊　安藤元雄編
フレップ・トリップ　北原白秋
友情　武者小路実篤
釈迦　武者小路実篤
銀の匙　中勘助
若山牧水歌集　伊藤一彦編
新編 みなかみ紀行　若山牧水 池内紀編
新編 百花譜百選　木下杢太郎画 前川誠郎編
新編 啄木歌集　久保田正文編
吉野葛・蘆刈　谷崎潤一郎
卍（まんじ）　谷崎潤一郎
谷崎潤一郎随筆集　篠田一士編
多情仏心　全二冊　里見弴
道元禅師の話　里見弴
今年竹　全二冊　里見弴
萩原朔太郎詩集　三好達治選
郷愁の詩人 与謝蕪村　萩原朔太郎

猫町　他十七篇　萩原朔太郎 清岡卓行編
恋愛名歌集　萩原朔太郎
恩讐の彼方に・忠直卿行状記　他八篇　菊池寛
菊池寛戯曲集 父帰る・藤十郎の恋　石割透編
河明り 老妓抄　他一篇　岡本かの子
春泥・花冷え　久保田万太郎
大寺学校 ゆく年　久保田万太郎
久保田万太郎俳句集　恩田侑布子編
室生犀星詩集　室生犀星自選
随筆 女ひと　室生犀星
室生犀星俳句集　岸本尚毅編
出家とその弟子　倉田百三
羅生門・鼻・芋粥・偸盗　芥川竜之介
地獄変・邪宗門・好色・藪の中　他七篇　芥川竜之介
河童　他二篇　芥川竜之介
歯車　他二篇　芥川竜之介
蜘蛛の糸・杜子春・トロッコ　他十七篇　芥川竜之介

侏儒の言葉・文芸的な、余りに文芸的な	芥川竜之介
芥川竜之介書簡集	石割透編
芥川竜之介随筆集	石割透編
蜜柑・尾生の信 他十八篇	芥川竜之介
年末の一日・浅草公園 他十七篇	芥川竜之介
芥川竜之介紀行文集	山田俊治編
田園の憂鬱	佐藤春夫
海に生くる人々	葉山嘉樹
葉山嘉樹短篇集	道簱泰三編
嘉村礒多集	岩田文昭編
日輪・春は馬車に乗って 他八篇	横光利一
宮沢賢治詩集	谷川徹三編
童話集 風の又三郎 他十八篇	宮沢賢治 谷川徹三編
童話集 銀河鉄道の夜 他十四篇	宮沢賢治 谷川徹三編
山椒魚・遥拝隊長 他七篇	井伏鱒二
川釣り	井伏鱒二
井伏鱒二全詩集	井伏鱒二

太陽のない街	徳永直
黒島伝治作品集	紅野謙介編
伊豆の踊子・温泉宿 他四篇	川端康成
雪国	川端康成
山の音	川端康成
川端康成随筆集	川西政明編
三好達治詩集	桑原武夫 大槻鉄男選
詩を読む人のために	三好達治
夏目漱石 全三冊	小宮豊隆
新編 思い出す人々	内田魯庵 紅野敏郎編
檸檬《レモン》・冬の日 他九篇	梶井基次郎
蟹工船 一九二八・三・一五	小林多喜二
富嶽百景・走れメロス 他八篇	太宰治
斜陽 他一篇	太宰治
人間失格・グッド・バイ 他一篇	太宰治
津軽	太宰治
お伽草紙・新釈諸国噺	太宰治

右大臣実朝 他一篇	太宰治
真空地帯	野間宏
日本唱歌集	堀内敬三 井上武士編
日本童謡集	与田凖一編
至福千年	石川淳
小林秀雄初期文芸論集	小林秀雄
近代日本人の発想の諸形式 他四篇	伊藤整
小説の認識	伊藤整
中原中也詩集	大岡昇平編
ランボオ詩集	中原中也訳
晩年の父	小堀杏奴
夕鶴・彦市ばなし 他二篇 —木下順二戯曲選Ⅱ	木下順二
元禄忠臣蔵 全二冊	真山青果
随筆滝沢馬琴	真山青果
みそっかす	幸田文
古句を観る	柴田宵曲
俳諧随筆 蕉門の人々	柴田宵曲

新編 俳諧博物誌	柴田宵曲 小出昌洋 編
子規居士の周囲	柴田宵曲
小説集 夏の花	原民喜
原民喜全詩集	
いちご姫・蝴蝶 他二篇	山田美妙 十川信介 校訂
銀座復興 他三篇	水上滝太郎
魔風恋風 全二冊	小杉天外
幕末維新パリ見聞記 成島柳北「航西日乗」・栗本鋤雲「暁窓追録」	井田進也 校注
野火／ハムレット日記	大岡昇平
中谷宇吉郎随筆集	樋口敬二 編
雪	中谷宇吉郎
冥途・旅順入城式	内田百閒
東京日記 他六篇	内田百閒
ゼーロン・淡雪 他十一篇	牧野信一
西脇順三郎詩集	那珂太郎 編
評論集 滅亡について 他三十篇	武田泰淳 川西政明 編
宮柊二歌集	宮英子 高野公彦 編
新編 東京繁昌記	木村荘八 尾崎秀樹 編
新編 山と渓谷	田部重治 近藤信行 編
日本児童文学名作集 全二冊	桑原三郎 千葉俊二 編
山月記・李陵 他九篇	中島敦
眼中の人	小島政二郎
新選 山のパンセ	串田孫一 自選
小川未明童話集	桑原三郎 編
新美南吉童話集	千葉俊二 編
摘録 劉生日記	岸田劉生 酒井忠康 編
量子力学と私	朝永振一郎 江沢洋 編
書物	森銑三 柴田宵曲
自註鹿鳴集	会津八一
窪田空穂随筆集	大岡信 編
暢気眼鏡・虫のいろいろ 他十三篇	尾崎一雄 高橋英夫 編
奴隷 —小説・女工哀史1	細井和喜蔵
工場 —小説・女工哀史2	細井和喜蔵
鷗外の思い出	小金井喜美子
森鷗外の系族	小金井喜美子
木下利玄全歌集	五島茂 編
林芙美子随筆集	武藤康史 編
林芙美子紀行集 下駄で歩いた巴里	立松和平 編
放浪記	林芙美子
山の旅 全二冊	近藤信行 編
酒道楽	村井弦斎
文楽の研究 全二冊	三宅周太郎
五足の靴	五人づれ
尾崎放哉句集	池内紀 編
江戸川乱歩短篇集	千葉俊二 編
少年探偵団・超人ニコラ	江戸川乱歩
江戸川乱歩作品集 全三冊	浜田雄介 編
堕落論・日本文化私観 他二十二篇	坂口安吾
桜の森の満開の下・白痴 他十二篇	坂口安吾
風と光と二十の私と・いずこへ 他十六篇	坂口安吾
久生十蘭短篇選	川崎賢子 編

墓地展望亭・ハムレット 他六篇	久生十蘭
六白金星・可能性の文学 他十一篇	織田作之助
夫婦善哉 正続 他十二篇	織田作之助
わが町・青春の逆説	織田作之助
歌の話・歌の円寂する時 他一篇	折口信夫
死者の書・口ぶえ	折口信夫
汗血千里の駒 坂本龍馬君之伝	坂崎紫瀾 林原純生校注
山川登美子歌集	今野寿美編
日本近代短篇小説選 全六冊	紅野敏郎・紅野謙介・千葉俊二・宗像和重・山田俊治編
自選 谷川俊太郎詩集	
訳詩集 白孔雀	西條八十訳
茨木のり子詩集	谷川俊太郎選
第七官界彷徨・琉璃玉の耳輪 他四篇	尾崎翠
大江健三郎自選短篇	
M/Tと森のフシギの物語	大江健三郎
キルプの軍団	大江健三郎
石垣りん詩集	伊藤比呂美編
漱石追想	十川信介編
荷風追想	多田蔵人編
鷗外追想	宗像和重編
自選 大岡信詩集	
うたげと孤心	大岡信
日本の詩歌 その骨組みと素肌	大岡信
詩人・菅原道真 —うつしの美学	大岡信
日本近代随筆選 全三冊	千葉俊二・長谷川郁夫・宗像和重編
山之口貘詩集	高良勉編
原爆詩集	峠三吉
竹久夢二詩画集	石川桂子編
まど・みちお詩集	谷川俊太郎編
山頭火俳句集	夏石番矢編
二十四の瞳	壺井栄
幕末の江戸風俗	塚原渋柿園 菊池眞一編
けものたちは故郷をめざす	安部公房
詩の誕生	大岡信 谷川俊太郎
鹿児島戦争記 —実録 西南戦争	篠田仙果 松本常彦校注
東京百年物語 一八六八〜一九〇九 全三冊	ロバート キャンベル・十重田裕一・宗像和重編
三島由紀夫紀行文集	佐藤秀明編
若人よ蘇れ・黒蜥蜴 他一篇	三島由紀夫
吉野弘詩集	小池昌代編
開高健短篇選	大岡玲編
破れた繭 耳の物語1	開高健
夜と陽炎 耳の物語2	開高健
色ざんげ	宇野千代
老女マノン・脂粉の顔 他四篇	宇野千代 尾形明子編
明智光秀	小泉三申
久米正雄作品集	石割透編
次郎物語 全五冊	下村湖人
まっくら 女坑夫からの聞き書き	森崎和江
北條民雄集	田中裕編
安岡章太郎短篇集	持田叙子編
俺の自叙伝	大泉黒石

中上健次短篇集　道籏泰三編

永瀬清子詩集　谷川俊太郎選

左川ちか詩集　川崎賢子編

《日本文学（古典）》〔黄〕

古事記　倉野憲司校注
日本書紀　全五冊　坂本太郎・家永三郎・井上光貞・大野晋校注
万葉集　全五冊　佐竹昭広・山田英雄・工藤力男・大谷雅夫・山崎福之校注
竹取物語　阪倉篤義校訂
伊勢物語　大津有一校注
玉造小町子壮衰書 —小野小町物語　杤尾武校注
古今和歌集　佐伯梅友校注
土左日記　紀貫之　鈴木知太郎校注
蜻蛉日記　今西祐一郎校注
紫式部日記　池田亀鑑・秋山虔校注
紫式部集　付 大弐三位集・藤原惟規集　紫式部　南波浩校注
源氏物語　全九冊　柳井滋・室伏信助・大朝雄二・鈴木日出男・藤井貞和・今西祐一郎校注
源氏物語補作　山路の露・雲隠六帖　他二篇　今西祐一郎編注
枕草子　池田亀鑑校訂
和泉式部日記　清水文雄校注
更級日記　西下経一校注

今昔物語集　全四冊　池上洵一編
堤中納言物語　大槻修校注
西行全歌集　久保田淳・吉野朋美校注
建礼門院右京大夫集　付 平家公達草紙　久松潜一・久保田淳校注
拾遺和歌集　小町谷照彦・倉田実校注
後拾遺和歌集　久保田淳・平田喜信校注
金葉和歌集　川村晃生・柏木由夫・伊倉史人校注
詞花和歌集　工藤重矩校注
古語拾遺　斎部広成撰　西宮一民校注
王朝漢詩選　小島憲之編
新訂 方丈記　市古貞次校注
新訂 新古今和歌集　佐佐木信綱校訂
新訂 徒然草　西尾実・安良岡康作校注
平家物語　全四冊　梶原正昭・山下宏明校注
神皇正統記　北畠親房　岩佐正校注
御伽草子　全二冊　市古貞次校注
王朝秀歌選　樋口芳麻呂校注

定家八代抄 —続王朝秀歌選　全二冊　樋口芳麻呂・後藤重郎校注
閑吟集　真鍋昌弘校注
中世なぞなぞ集　鈴木棠三編
千載和歌集　久保田淳校注
謡曲選集　読む能の本　野上豊一郎編
おもろさうし　外間守善校注
太平記　全六冊　兵藤裕己校注
好色一代男　井原西鶴　横山重校訂
好色五人女　井原西鶴　東明雅校註
武道伝来記　井原西鶴　横山重・前田金五郎校注
西鶴文反古　井原西鶴　片岡良一校訂
芭蕉紀行文集　付 嵯峨日記　中村俊定校注
芭蕉おくのほそ道　付 曾良旅日記・奥細道菅菰抄　萩原恭男校注
芭蕉俳句集　中村俊定校注
芭蕉連句集　中村俊定・萩原恭男校注
芭蕉書簡集　萩原恭男校注
芭蕉文集　潁原退蔵編註

芭蕉俳文集 全二冊　堀切実編注
芭蕉自筆 奥の細道　上野洋三・櫻井武次郎校注
蕪村俳句集 付 春風馬堤曲 他二篇　尾形仂校注
蕪村七部集　伊藤松宇校訂
近世畸人伝　伴蒿蹊・森銑三校註
雨月物語　上田秋成・長島弘明校注
宇下人言・修行録　松平定信・松平定光校訂
新訂 一茶俳句集　丸山一彦校注
一茶 父の終焉日記・おらが春 他一篇　矢羽勝幸校注
増補 俳諧歳時記栞草 全二冊　曲亭馬琴編・藍亭青藍補・堀切実校注
北越雪譜　鈴木牧之編撰・京山人百樹刪定・岡田武松校訂
東海道中膝栗毛 全二冊　十返舎一九・麻生磯次校注
浮世床　式亭三馬・和田万吉校訂
梅暦 全二冊　為永春水・古川久校訂
百人一首一夕話 全二冊　尾崎雅嘉・古川久校訂
こぶとり爺さん・かちかち山 —日本の昔ばなしI　関敬吾編
桃太郎・舌きり雀・花さか爺 —日本の昔ばなしII　関敬吾編

一寸法師・さるかに合戦・浦島太郎 —日本の昔ばなしIII　関敬吾編
芭蕉臨終記 花屋日記 付 芭蕉翁終焉記・前後日記・行状記　小宮豊隆校訂
醒睡笑 全二冊　安楽庵策伝・鈴木棠三校注
歌舞伎十八番の内 勧進帳　郡司正勝校注
江戸怪談集 全三冊　高田衛編・校注
柳多留名句選　山澤英雄選・粕谷宏紀校注
松蔭日記　上野洋三校注
鬼貫句選・独ごと　復本一郎校注
井月句集　復本一郎編
花見車・元禄百人一句　雲英末雄・佐藤勝明校注
江戸漢詩選 全二冊　揖斐高編訳
説経節 俊徳丸・小栗判官 他三篇　兵藤裕己編注

《日本思想》〔青〕

風姿花伝（花伝書）	世阿弥／野上豊一郎・西尾実 校訂
五輪書	宮本武蔵／渡辺一郎 校注
葉隠 全三冊	山本常朝／和辻哲郎・古川哲史 校訂
養生訓・和俗童子訓	貝原益軒／石川謙 校訂
貝原益軒 大和俗訓	石川謙 校訂
蘭学事始	杉田玄白／緒方富雄 校註
島津斉彬言行録	牧野伸顕 序
塵劫記	吉田光由／大矢真一 校注
兵法家伝書 付 新陰流兵法目録事	柳生宗矩／渡辺一郎 校注
農業全書	宮崎安貞 編録／貝原楽軒 刪補／土屋喬雄 校訂
上宮聖徳法王帝説	東野治之 校注
霊の真柱	平田篤胤／子安宣邦 校注
仙境異聞・勝五郎再生記聞	平田篤胤／子安宣邦 校注
茶湯一会集・閑夜茶話	井伊直弼／戸田勝久 校注
西郷南洲遺訓 附 手抄言志録及遺文	山田済斎 編
文明論之概略	福沢諭吉／松沢弘陽 校注
新訂 福翁自伝	富田正文 校訂
学問のすゝめ	福沢諭吉
福沢諭吉教育論集	山住正己 編
福沢諭吉家族論集	中村敏子 編
福沢諭吉の手紙	慶應義塾 編
新島襄の手紙	同志社 編
新島襄 教育宗教論集	同志社 編
新島襄自伝 ―手記・紀行文・日記	同志社 編
植木枝盛選集	家永三郎 編
日本の下層社会	横山源之助
中江兆民 三酔人経綸問答	桑原武夫・島田虔次 訳・校注
中江兆民評論集	松永昌三 編
一年有半・続一年有半	中江兆民／井田進也 校注
憲法義解	伊藤博文／宮沢俊義 校註
日本風景論	志賀重昂／近藤信行 校訂
日本開化小史	田口卯吉／嘉治隆一 校訂
新訂 蹇蹇録 ―日清戦争外交秘録	陸奥宗光／中塚明 校注
茶の本	岡倉覚三／村岡博 訳
武士道	新渡戸稲造／矢内原忠雄 訳
新渡戸稲造論集	鈴木範久 編
キリスト信徒のなぐさめ	内村鑑三
余はいかにしてキリスト信徒となりしか	内村鑑三／鈴木範久 訳
代表的日本人	内村鑑三／鈴木範久 訳
後世への最大遺物・デンマルク国の話	内村鑑三
宗教座談	内村鑑三
ヨブ記講演	内村鑑三
足利尊氏	山路愛山
徳川家康 全二冊	山路愛山
妾の半生涯	福田英子
三十三年の夢	宮崎滔天／島田虔次・近藤秀樹 校注
善の研究	西田幾多郎
西田幾多郎哲学論集 II ―論理と生命 他四篇	上田閑照 編
西田幾多郎哲学論集 III ―自覚について 他四篇	上田閑照 編
西田幾多郎歌集	上田薫 編

岩波文庫の最新刊

坂元ひろ子・高柳信夫監訳

厳復 **天演論**

清末の思想家・厳復による翻訳書。そこで示された進化の原理 生存競争と淘汰の過程は、日清戦争敗北後の中国知識人たちに圧倒的な影響力をもった。

〔青二三五-一〕 定価一二一〇円

武田利勝訳

フリードリヒ・シュレーゲル **断章集**

「イロニー」「反省」等により既存の価値観を打破し、「共同哲学」の樹立を試みる断章群は、ロマン派のマニフェストとして、近代の批評的精神の幕開けを告げる。

〔赤四七六-一〕 定価一一五五円

永井荷風著／中島国彦・多田蔵人校注

断腸亭日乗㈢ 昭和四―七年

永井荷風は、死の前日まで四十一年間、日記『断腸亭日乗』を書き続けた。㈢は、昭和四年から七年まで。昭和初期の東京を描く。(注解・解説＝多田蔵人)(全九冊)

〔緑四二-一六〕 定価一二六五円

太宰治作／安藤宏編

十二月八日・苦悩の年鑑 他十二篇

第二次世界大戦敗戦前後の混乱期、作家はいかに時代と向き合ったか。昭和一七―二一(一九四二―四六)年発表の一四篇を収める。(注＝斎藤理生、解説＝安藤宏)

〔緑九〇-一二〕 定価一〇〇一円

……今月の重版再開……

忍足欣四郎訳

中世イギリス英雄叙事詩 **ベーオウルフ**

〔赤二七五-一〕 定価一二二一円

プルタルコス／柳沼重剛訳

エジプト神イシスとオシリスの伝説について

〔青六六四-五〕 定価一〇〇一円

定価は消費税 10% 込です

2025.3

岩波文庫の最新刊

E・H・カー著／中村研一訳
平和の条件

第二次世界大戦下に出版された戦後構想。破局をもたらした根本原因をさぐり、政治・経済・国際関係の変革を、実現可能なユートピアとして示す。
〔白二二－二〕 定価一七一六円

芥川龍之介選 澤西祐典・柴田元幸編訳
英米怪異・幻想譚

芥川が選んだ「新らしい英米の文芸」は、当時の〈世界文学〉最前線であった。芥川自身の作品にもつながる〈怪異・幻想〉の世界が、十二名の豪華訳者陣により蘇る。
〔赤N二〇八－一〕 定価一五七三円

正岡子規著
俳諧大要

正岡子規（一八六七－一九〇二）による最良の俳句入門書。初学者へ向けて要諦を簡潔に説く本書には、俳句革新を志す子規の気概があふれている。
〔緑一三－七〕 定価五七二円

レッシング作／笠原賢介訳
賢者ナータン

十字軍時代のエルサレムを舞台に、ユダヤ人商人ナータンが宗教的対立を超えた和合の道を示す。寛容とは何かを問うたレッシングの代表作。
〔赤四〇四－二〕 定価一〇〇一円

……今月の重版再開……

曲亭馬琴著／徳田 武校注
近世物之本江戸作者部類
〔黄二二五－七〕 定価一二七六円

実吉捷郎訳
トオマス・マン短篇集
〔赤四三三－四〕 定価一一五五円

定価は消費税10％込です　2025.4